嵐をこえて会いに行く

彩瀬まる

目次

嵐をこえて会いに行く

装丁　名久井直子
装画　五十嵐大介

ひとひらの羽

会いに行こう、と決めたものの、たいした用事はない。

鳴海遥《なるみはるか》とは長い付き合いだ。初めて会ったのは二十代の頃。札幌に本社を置く住宅用建材を扱う会社の函館《はこだて》支店で営業をしていた自分と、青森支店で事務をしていた鳴海は、北海道エリアと東北エリアの若手を集めた勉強会で幾度となく顔を合わせた。勉強会のあとは決まって親睦会と称した飲み会が催され、三次会は近隣に住む誰かのアパートで徹夜麻雀《マージャン》をするのが常だった。

鳴海は小柄で目がくりっとしたリスのようなかわいらしい外見に似合わず、守るよりも賭けに出ようとする攻撃的なプレースタイルを好んだ。最下位になっていた印象は薄い。きっと勝負運が強かったのだろう。むしろどんくさい自分の方が最下位になって、みんなに朝食をおごった記憶が幾度かある。

鳴海が会社を離れた三十代以降も、なにかと縁があって交流が続いた。お互いに還暦を過ぎてなお、年に一度は鳴海が函館に立ち寄る機会があり、声をかけられれば一緒に昼食をとっていた。

その鳴海に、三年近く会っていない。近年巷《ちまた》を騒がせている、やっかいな新型コロナウィルス感染症のせいだ。県境をまたぐことが制限され、遠出の際には鼻に綿棒を突っ込む検査がマナーとされた。若者と年寄りは出歩くべきではない、なんて言説も流れた。鳴海も自分もすでに現役を引退した前期高齢者だ。さしたる用もないのに会う約束をするのはためらわれた。きっと鳴海の方もそうだっただろう。

そんな外出控えを続けていた高木志津夫《たかぎしづお》に心境の変化が訪れたのは、古い友人の一人を急な肺炎で亡くしたことだった。彼が入院した病院は新型コロナウィルス感染症患者への対応で医療体制がひっ迫しており、日別感染者数が増加傾向にある時期だったこともあって一切の見舞いは禁止されていた。やきもきしながら退院の報告を待ち、次に伝えられたのは葬儀の日程だった。あまりのむごさに胸が塞いだ。

会えるときに会っておかなければ後悔する。そういう時代になったし、自分たちもそういう年代になったのだ。

朝の散歩のさなかに石を呑《の》むような心地で思い、そして頭に浮かんだのが鳴海のことだった。鳴海は少し前に新型コロナウィルス感染症を患い、思いがけず重症化してしばらく入院していたと聞いた。そのときにも気を揉《も》んだものだが、幸い彼女は退院し、もう青森の自宅に戻っているはずだ。

近いうちに津軽《つがる》海峡を越えて会いに行こう、とまず思い、近いうちではだめだ日付を決めよう、と気の長い自分には珍しく思い直して、スマホの画面を点灯させた。メッセージアプリで用件を送る。十分も経《た》たないうちに鳴海から、「えーうれしい！」と軽快な返信が届いた。


約束の当日、最寄りのバス停へ向かう途中で、鮮やかに紅葉している五稜郭《ごりょうかく》公園の木々が目に入った。鳴海にとって、五稜郭は思い入れの強い場所だ。新型コロナウィルス感染症が流行する以前はよく足を運んでいた。写真を撮っていったら喜ばれるかもしれない。

取り出したスマホのカメラを向けた途端、それまでただの風景として見過ごしていた木々の紅葉がより赤く、空へ朱色がにじみ出しそうなほど鮮やかに感じられた。わずかに心が浮き立つのを感じながら、高木は一枚、二枚と木々が美しく見える角度を探して撮影ボタンをタップした。

枚数を撮るうちに石垣の上に並ぶ木々を撮るだけでは物足りなくなり、橋を渡って水堀を越え、星形の城郭へ入った。国の特別史跡・五稜郭跡は、現在は全域が公園として整備され、市民に開放されている。周囲には犬を連れた朝の散歩客やスポーツウェアを着たランナーのほか、紅葉を見に来たのだろう観光客らしき人の姿も見られた。高木は狭い道で人とすれ違うときだけ、顎に引っかけた使い捨てマスクを引き上げた。

ひときわ枝ぶりのいいイロハカエデにスマホを向ける。画面をひらりとよぎるものがあった。周囲を見回せば、無数の雪片に似た白く小さなものがそこらじゅうでふわりふわりと舞っている。

「雪降ってる?」

「まさか。空、晴れてるよ」

そばを通った若い男性の二人連れが不思議そうに白い物体へ手を伸ばす。この光景になじみがないということは、きっと道外から来た人たちなのだろう。雪虫の発生は北海道では秋の風物詩と呼べる現象だ。雪虫は白い綿状の分泌物を体にまとって飛ぶアブラムシの仲間で、姿を目にした一、二週間後に雪が降る、とも言われている。

鳴海も、初めてこの雪虫が舞い飛ぶ光景を見たときには驚いていた。青森でも雪虫は時々見かけるが、こんなに大量に飛ぶ姿はまず見ないらしい。枝葉にとまった一匹をじっくりと見つめ、「雪虫ってよく歌で取り上げられているし、ロマンチックなイメージがあったけど、こうして見ると本当にただの虫だね。いっぱいいてもうれしくない」と指さしておかしそうに笑っていた。

様々な樹木が紅葉した園内は、朱色、橙色《だいだいいろ》、緋色《ひいろ》とまるで暖色の見本市のようだ。上空から見下ろしたら、さぞ見事な赤い星が浮かび上がっていることだろう。

高木は公園に隣接する白亜のタワーを見上げた。新幹線の時間まで、まだ少し時間がある。

五稜郭タワーと言われると、高木はいまだに二〇〇六年に営業終了・解体された初代タワーの姿がまぶたにちらつく。四角い柱で、同じく四角くて平たい展望フロアをぷすりと浅く貫いた、思い返せばかなりシンプルなデザインのタワーだった。当時は展望台の高さは現在のタワーの半分ほどで、五稜郭の星形が完全には見渡せなかった。それでも、八〇年代後半のバブル景気の頃にはずいぶん賑《にぎ》わっていた記憶がある。駐車場に幾台もの観光バスが乗りつけ、展望台へ向かうエレベーターの前には長蛇の列ができていた。

そんな思い出深いタワーも開業から四十一年の時を経て、二〇〇六年に新タワーへたすきを渡すこととなった。初めてこの新しいタワーを見たときには、モダンなデザインに驚いたものだ。塔体の断面は星形、展望台は五角形という徹底ぶりで、展望台からはきちんと五稜郭の星形が隅々まで見渡せた。高すぎて、高所に慣れない自分は下腹が冷えるような感じすらした。

しかしどんなことにも慣れは生じ、新しいタワーも開業から十数年が経てば風景の一部になる。高木ももう市外からやってきた知人を案内するときぐらいしかタワーを上らない。一人でここを訪ねるのは——もしかしたら初めてかもしれない。そんなことを思いつつ、建物の正面入り口から中へ入る。広々としたエントランスホールを進み、カウンターで展望チケットを購入した。まだ早い時間帯のせいか、客の姿はまばらだ。エレベーターにもスムーズに乗ることができた。

扉が閉まり、エレベーターのかごが上昇すると、すぐに内部は幻想的な青色のライトで満たされた。壁面に函館の歴史的な出来事が幻のように映し出される。高木はこの時間は決まって天井を見ることにしていた。そこには製作者の遊び心のような小さな星が一つ、さりげなく映し出されている。

三十秒ほどで、地上九十メートルに位置する展望フロアに到着した。

ガラス張りの展望台からは慣れ親しんだ町が一望できた。目を凝らせば、自分が一人暮らしをしている築四十年のマンションまで見分けることができそうだ。眼下には紅葉で彩られた五稜郭が誇らしげに輝いている。先ほど渡った二の橋とその付近は特に鮮やかな色が入り乱れている。星の輪郭を柔らかく縁どる赤茶色は、植樹された桜の木だろう。星形が綺麗《きれい》に写るよう、高木は角度に気を配って写真に収めた。

帰りがてら、五角形のフロアをぐるりと巡る。五稜郭の模型やペリー来航に端を発する五稜郭の歴史を紹介するパネル展示を経て、順路の最後、堂々と座した男の銅像の前で高木は足をとめた。

自分と鳴海の縁をつなぎ続け、そして半世紀ものあいだ鳴海の心を握って離さない特別な男。

土方歳三《ひじかたとしぞう》の像だ。

他人の恋の相手と鉢合わせしたような……というか、ただの銅像にどうしてこんな妙な居心地の悪さを感じなければならないんだ……尻の辺りがむずつく感覚に眉を顰《ひそ》めつつ、高木は銅像にもスマホのカメラを向け、ぱちりと一枚写真を撮った。

紅葉よりも五稜郭よりも、この写真がもっとも鳴海を喜ばせるのはわかりきったことだったので。

土方歳三は、言うまでもなく歴史上の人物だ。江戸時代の末期に東京西部の裕福な農家の末っ子として生まれ、剣術道場で知り合った仲間たちと共に徳川《とくがわ》将軍家を警護する仕事に応募し、政治の中心地である京都に赴いた。京都では新選組という組織を結成し、当時の徳川幕府の外交方針に反対し幕府を倒そうと画策する人々を取り締まった。しかしついに革命が起こって幕府が倒れ、国内が内戦状態に陥ると、幕府を倒した新政府軍と戦い、敗北を重ねながら北上し、やがて函館で戦死した。

人生をざっくりとまとめてしまえば、どうしてこれほど人気なのだろうという感もあるが、鳴海は出会った頃から土方歳三のファンだった。正確には、司馬遼太郎《しばりょうたろう》という小説家が執筆した『燃えよ剣』という長編小説の主人公として書かれた土方歳三のファンだ。『燃えよ剣』はたしかに人気で、同時期に司馬遼太郎が刊行した『新選組血風録』とともに以後の新選組ブームをリードした作品だった。映画化され、テレビドラマの放映や舞台上演も繰り返し行われていた。高木も人に勧められて読んだ記憶がある。喧嘩《けんか》好きの田舎の悪童が気のいい仲間たちと様々な困難を乗り越えて強固な組織を結成し、歴史の渦に飛び込んでいく様は読んでいて面白かったし、飽きることなく最後まで読み終えた。だが、本を閉じたあとも物語や人物を反芻《はんすう》して味わいたくなるかと言えば、それほどでもなかった。

鳴海は違った。『燃えよ剣』の好きなシーンを繰り返し読み、時にそのシーンを絵に描いたり、同じく新選組のファンだという人々と意見を交換したり、休みの日にはわざわざ遠出をして、新選組ゆかりの地を訪ねたりしているようだった。

麻雀の最中でも、興が乗ると鳴海はよく土方歳三の話をした。彼女は周りがみな点数の高い役でテンパイしているときでも、なかなか勝ちを諦めない。多少手を崩しても意地汚く必要な牌《パイ》を集め、なりふり構わない安い役で上がって切り抜ける。

「だって、土方さんならきっとそうするもん」

「はるちゃんは二言目には土方さん、土方さんだ。こりゃ、いずれはるちゃんの旦那になる男は大変だ。あんなおっそろしい男と比べられるんだから」

鳴海に負けた人間は、卓に点棒を放りながらだいたいそんな嫌味を言った。鳴海は苦笑いをして肩をすくめていた。

鳴海によると『燃えよ剣』の土方歳三は、厳密な正確性をもって推察される歴史上の土方歳三とは異なっているらしい。『燃えよ剣』には物語上の必要性に応じ、作者の創作がほどこされているという。

「でもいいの。そこがいいの。無責任に好きになれる感じが」

架空の人物に熱中する、という心境が高木にはよくわからない。野球は好んで見るが、それはブラウン管越しであれ勝って喜び、負けて傷つく選手たちの心と体があってこそだ。

高木にとっても周りの同僚にとっても、鳴海はよくわからない女性だった。女はクリスマスケーキと同じで二十五を過ぎるともう古くなる。そんな言説に脅迫されて周りの女性がバタバタと結婚する時期が過ぎても、鳴海は平然と仕事をし、そのときどきの新選組絡みの小説や漫画、ドラマや舞台を楽しんでいた。

高木は二十七歳のときに上司の知人の娘だという女性を紹介され、見合い結婚した。そういうものだと思っていた。結婚後はすぐに娘が生まれ、平日は仕事、休日は家族サービスと忙しい日々を過ごした。周りの同僚も似たような具合で、結婚した男性は徐々に責任の重い仕事を任されるようになり、女性は寿退社していった。

娘が小学校に入る頃、久しぶりに飲み会で鳴海のうわさを聞いた。

「青森支店の鳴海さんって三十過ぎても会社に残ってて、社内でも浮いてるらしいよ。若い女の子たちは萎縮するだろうね。気の毒になあ」

ビールで顔を赤くした同僚が、誰を指して「気の毒」と評していたのかはわからない。気づけばかつてのメンバーは誰もが仕事や子育てで忙しく、麻雀会は長らく催されていなかった。久しぶりに鳴海の話を聞き、高木は「今でも土方歳三が好きなのかな」とちらりと思った。

次に鳴海に会ったのはなんと出張先の東京だった。いい商品を作ると評判のモザイクタイルメーカーの東京出張所前でばたりと出くわした。鳴海は、肩パッドの入った品のいいグレーのチェックのスーツを着ていた。聞けば、彼女はいつのまにか会社を辞め、実家の工務店を手伝っているという。

「上司が結婚しろしろってうるさかったんだ。そのくせお見合いに連れてくるのは変な人ばかりでさ。もう年なんだからあきらめろとか、もらってもらえるだけありがたく思えとか、ひどいことばかり言うの。いやになって家に帰ったら、親まで早く結婚しろ、孫の顔を見せろって同じこと言うし。さんざんやって、お見合いに飽きたよ。暇だし、肩身が狭いし、とりあえず働こうかなって」

ライバル店が扱っていたとても美しいタイルが気になってなじみの建材屋に問い合わせたものの、該当するメーカーとの取引がなく、メーカーに電話をかけたが新規の取引先は現在募集していないとあまり反応が芳しくない。それならば、と直接交渉に来たらしい。あいかわらず妙に気が強く、フットワークの軽い人だ。

それぞれの用事を済ませ、夕方に近くの純喫茶で落ち合った。注文は、鳴海はクリームソーダ、高木はコーラフロートを選んだ。

「そういえば、はるちゃんは今でも土方歳三が好きなの？」

漠然と気になっていたことを聞く。

すると鳴海はクリームソーダの泡を口角につけたまま、幸せそうににっこりと笑った。こちらの心まで晴らすような明るい笑顔だった。

「高木くん、お正月にやってた『燃えよ剣』のドラマ観《み》た？　役所広司《やくしょこうじ》さんが演じる土方さん！　いやーやっぱり私は栗塚旭《くりづかあさひ》さんの、なんていったらいいのかな、ずしっと重たくて凄《すご》みのある土方さんの印象が強いから、初めはあらあら土方さんこんなに軽快な美男子になっちゃってえ……なんて思ってたの！　でも、やっぱり殺陣《たて》の迫力は素晴らしいし、役所さんってすごく目が雄弁だからね、土方歳三の繊細な……それこそ俳人としての彼の一面も香らせる感じで、ああこの土方さんもいいなあって、どんどんのめり込んじゃった」

バニラアイスをリズムよく口に運びながら、立て板に水という勢いでしゃべり始める。変わらないなこの人はと、どこか安心する気分で高木は相づちを打ち、コーラを飲んだ。

行楽シーズンなだけあって函館駅から徒歩二分の距離にある朝市は賑わっていた。大きな荷物を提げた人が多いのは、函館観光の帰りにここで土産を買うのが一つの定番だからだろう。水揚げされたばかりの魚介類の他、旬の農産物や加工食品の店が並び、だいたいの食品はここでそろう。活《い》きイカの釣り堀では、釣ったイカをその場でさばいてもらって食べることができる。親子連れに人気があるようだ。

高木は人にぶつからないよう体の向きを変えながら朝市の奥へと進み、よく利用している商店でいかの粕漬《かすづけ》をひと箱買った。塩茹《しおゆ》でしたいかを酒粕に漬けて熟成させたもので、解凍すればそのまま切って食べられる。いかが肉厚で柔らかく、わさび醬油《じょうゆ》をつけるとめっぽううまい。

鳴海からは他に手土産のリクエストとして、函館駅改札近くの弁当屋の駅弁を頼まれていた。二つ購入し、両手に商品が入ったレジ袋を提げ、銀色の車体が眩《まぶ》しいはこだてライナーに乗った。北海道新幹線の始発駅である新函館北斗《ほくと》駅まで、二十分ほど電車に揺られる。

広々とした駅構内を歩き、高木はホームにすべり込んできた美しい翡翠《ひすい》色の新幹線を迎えた。鼻が長いな、と見るたびに思い、人なつこい犬を連想する。新幹線の長い鼻には、騒音を抑える効果があるらしい。

午前中の半端な時間帯のせいか、車両に乗客の姿はまばらだった。荷物を置き、座席についた高木はすぐに背もたれを調節した。六十五歳を過ぎた頃から慢性的な腰痛を抱え、なるべく負荷の少ない体勢を模索する癖がついている。

視界の端で、新函館北斗駅のホームがすべるように遠ざかる。市外に出るのは久しぶりだ。そう、唐突に実感し、金色の星みたいな喜びが体内で散った。

本当にひどい日々だった。近所の人との立ち話ですら薄い罪悪感がつきまとうほど、人と人との交流が危険視され、制限されていた。疫病という見えない壁にぐるりと体を囲まれているような息苦しさが常にあった。気安く通っていた飲み屋が潰れ、誰とも不安を分かち合えず、暗さに耐える時間が続いた。遠くに暮らす友人に会いに行くなんて、想像すらできなかった。

恐ろしい嵐がようやく過ぎた。なんてうれしいことだろう。新幹線を使えば、ここから青森までたったの一時間。東京だって、四時間ほどで着いてしまう。どこへでも行けるな、と高木は思わず笑いそうになる。

交通網の発達によって、旅行は本当に手軽になった。二十代の頃は、津軽海峡をカーフェリーで越え、四、五人で交代しながら夜通し車を運転して東京に遊びに行ったものだ。あの頃は人数がある程度そろえば、鉄道を使うよりその方が安く済んだ。たしか、後楽園球場に巨人戦を観に行った。高木には、鳴海のような際立った趣味がない。唯一好きと言えそうなのが野球観戦で、だからこそ平成に入り、北海道にプロ野球の球団ができたときには本当にうれしかった。今もシーズン中はときどき球場に足を運んでいる。

頬に薄い秋の日差しを感じ、眠くなる。北海道の秋は短い。先ほどの雪虫の姿がまぶたの裏に浮かぶ。もう間もなく、雪が降る。

ぼうっとしている、と高木はよく言われる。

子供の頃からだ。休みの日はごろりと畳に寝転んで、あれこれと他愛もないこと――このあいだ図鑑で見た世界一凶暴なサメと、北海道を闊歩《かっぽ》しているヒグマを戦わせたらどちらの方が強いんだろう。そもそも海中の生き物と陸上の生き物を公平に戦わせるにはどうすればいいいんだろう——そんな、両親に言えば「くだらないこと言ってないで勉強しろ」と確実に頭をはたかれるようなことを漠然と考えているのが好きだった。育ってからもそれは変わらず、やることなすことなぜか人よりもワンテンポ遅れる。「高木はのんきだな」と学校や職場でなんど言われたことだろう。その性質を好んでくれる人もいれば、きらってくる人もいた。きらってくる人とは、なるべく関わらないようにした。

元妻の直美《なおみ》とは、上司の紹介で会った。顔立ちもきれいだし健康だというし、「こんなにきちんとした娘さんにはなかなか出会えないぞ」と太鼓判を押されたので、「そういうものか」と思い結婚した。高木はふわついた空想はよくするけれど、目の前で目まぐるしく変わっていく物事に対してはっきりとした意見を持つのは苦手だった。誰かが近くで「こういうものだ」と主張すると、なるほどそういうものなのか、と流されてしまう。

直美は、違った。目端が利き、賢く、物事を成果に向けて着実に進めていくことを好む人だった。休みの日を寝て過ごすなんて論外で、きちんと行く先を設定し、それに向けた下準備を怠らなかった。ピクニック一つをとっても季節に合わせた公園の選定、弁当作り、帽子にお手拭き、カメラに敷き物といった細々とした物品の用意、帰りに立ち寄るスーパーで買うべきものなど、即座に思いを巡らせてきめ細やかに支度をした。あんパンとお茶だけ持って子供と公園で遊んでくれればそれも十分ピクニックじゃないか、などと考える高木とは、根本的に性質が合わなかった。

そんな直美が、なぜ高木と結婚したのか。見合いの席ではお互いに緊張していて、粗が見えなかったのかもしれない。どんな夫であれ、結婚後に言い聞かせればどうとでもなる、とタカをくくっていたのかもしれない。仲人を務めた高木の上司が、直美の実家の石材店にとって取引先の担当者であった以上、初めから断りにくい無神経な縁談だったのかもしれない。本当のことは、高木にはわからない。

ともあれ、積み重なった夫婦喧嘩から察するに、直美は高木を「気が回らず怠惰で、やるべきことをことごとくこちらに押しつけるずるい夫」と見なし、高木は直美に対して「いつも苛立《いらだ》っていて、細かいことにこだわり続ける神経質な妻」という印象を持っていた。気の合わない夫婦だったが、早くに娘の麻衣《まい》が生まれ、辛うじて家族のかたちは保たれたまま年月が過ぎた。

物事を完璧に進めようとする直美は、高木の目にはいつも疲弊して見えた。家事に子育て、麻衣の学習サポートとＰＴＡ活動、家族ぐるみの会社行事の手伝い、近所や両実家との付き合い。妻の仕事はきりがない。しかしとうに信用を失った高木が手伝いを提案しても、「あなたに任せたらめちゃくちゃになってしまう」と首を振られる。特に麻衣の反抗期と大学受験が重なった時期、直美はうまく眠れなくなり、薬の世話になるほど参っていた。

そんな折、自宅に届いた年賀状の一枚が、直美の目に留まった。

「この鳴海さんって、お友達？」

二〇〇〇年代の初め、鳴海とは年賀状のやり取りだけがあった。年始に目を通してそのまま忘れていた年賀状を受け取り、裏面を見る。新選組ゆかりの地である京都の壬生寺《みぶでら》の前ではにかんでいる鳴海の写真が印刷されている他、【最近は『壬生義士伝』が熱いです！パソコン教室も、三店舗目になりました。青森にいらっしゃる際はお声がけください。どうかお元気で。】と丸みを帯びた字が青色の万年筆で綴《つづ》られていた。

「うちの会社に、前に居た人で……」

どう説明しようかと迷い、ふと、鳴海の奔放な生き方はもしかして直美にとっていい刺激になるのではないかと思った。高木はなるべく丁寧に鳴海について説明した。会社の元同僚で、昔から重度の新選組ファンで、会社を辞めて実家のタイル屋をしばらく手伝い、現在は青森市内に最近流行《はや》りのパソコン教室を立ち上げて繁盛させているらしい。いつ会っても新選組の話ばかりする、少し型破りで楽しげな人なんだ。

――だからあなたも、自分の趣味を見つけて、もっと人生を楽しんでもいいんじゃないか。

そんな風に続けるつもりだった。しかし鳴海について語るほど、直美の顔が曇っていくのに気づき、高木は途中で話をとめた。

「そう……子供がいない人は、ずっと子供のままでいられていいね。未婚で子無しのオールドミス。楽しそうでなによりじゃない」

ため息交じりに言って、直美はふいと背を向ける。

子供がいない人はずっと子供のまま。

長い棘《とげ》のような物言いに、なぜか高木までちくりと刺された気持ちになった。

ならば鳴海に会うたびにどこか安心して会話を楽しんでいる自分も、後ろめたい子供の性質を有しているんだろうか。

人間をふるいにかける、似たような言説はいくらでもあった。男は家族を養って一人前だ。女は子供を産んで一人前だ。いい年して実家で暮らし続けるやつは寄生虫だ。結婚していない女は負け犬だ。そんな勢いのある言葉を聞くたび、高木は「そういうものか」と思う。そう言われないで済む立場でいたい、と雨風を避けるように思う。

しかし、そう言われないで済むようにふるまい続けた男たちが集まる飲み会で交わされるのは、高い車を買っただの、別荘を建てただの、仕事で生意気な誰々をぶちのめしてやっただの、自慢、自慢、自慢の嵐だ。ただただ不毛な闘争が続いている。直美もママ同士の交流会から帰るたび、二人目はまだ？　一人っ子じゃかわいそうだよってまた言われた、と落ち込んでいる。妻たちの間で、夫の勤め先や地位がそのまま場のヒエラルキーに転用される不快な会もあるという。

これが、ケチのつけようがない大人たちの会話なのか。

なによりもいやなのは、自分だって彼らと同じような会話しかできないことだ。贔屓《ひいき》の野球選手についてですら、上司に「あいつはダメだ、なってねえ」と言われれば「ですよねえ」と薄笑いを浮かべて追従している。鳴海のように情熱を伴ってなにかを好み、愛と敬意を抱いて語ることができない。なにかを好きな自分を他者に公表できない。口をつぐんで会話を取り繕ううちに、いつしか自分がなにに、どんな風に情熱を傾けているのかも漠然として、とらえられなくなった。——でも、大人とはそういうものだろう？

ああ、だから好きなものを堂々と発信する鳴海は子供なのか。みっともない、年を重ねた子供なのか。俺はそうなりたくないし、笑われたくない。苦い心地で、また高木は飲み下す。

麻衣が札幌の大学に合格し、キャンパス近くの女子寮に入ることになった。そうと決まった直後に、直美から離婚の意志を伝えられた。夫婦仲は冷え切っていたし、責任の半分は自分にあるとわかっていたので異論はなかった。むしろ麻衣が親元から離れるまでそれを待ったことが、直美という人の真面目さであり、かたくなさだ、と高木は感心してしまう。財産を分け、ローンの返済途中だった自宅も売却することにした。

離婚すると伝えても、麻衣に驚いた様子はなかった。会話のない家庭で育った彼女は、思春期の頃から父親に対しても母親に対しても距離を取っていた。休みの日は朝から逃げるように友達と出かけて、日が暮れるまで戻らなかった。

「好きにすれば？　私には関係ないし。育ててもらったことは感謝してるけど、この家での暮らしは好きじゃなかった。祥子《しょうこ》がいてくれて本当によかった。お父さんもお母さんも、勝手だよ。自分の都合を押しつけてばっか。私まで巻き込んでさ」

いやだった、と苦々しくつぶやき、麻衣は家を出ていった。続けて、直美も。

一人残された音のない家で引っ越しの支度をしながら、高木はふと、自分のてのひらを見つめた。気づけばずいぶん張りを失い、手相の線が深くなったように感じる。

「そういうものか」で済ませていいことなんて、本当は一つもなかったのかもしれない。目の前の出来事を、判断を、人生の岐路を、もっと俺は頭を使って、自分の責任で選ばなければいけなかったのかもしれない。

今更そう思ったって、指の間からすり抜けたものは戻らない。高木は家族が解散した翌日も、変わらず会社に出勤した。

「お、高木。昨日の件だけど、あのあと担当者と連絡取れてさ……ん、疲れてるのか？　目の下にくまができてるぞ」

斜め向かいの席の同僚に声をかけられる。実は離婚したんだ、と打ち明けると、彼はスーツの肩をすくめて苦く笑った。

「そりゃ大変だったなあ。知ってるか？　二〇〇〇年代に入ってからは、三組に一組の夫婦が離婚してるんだとよ。まあ、そういうものだと思って、あまり悩むなよ。独り身は独り身でいいことあるさ。それで、昨日の件だけど——」

手元に残った金と職場への通いやすさ、さらに老後の暮らしやすさを考慮して購入した中古の分譲マンションは、偶然にも五稜郭のそばにあった。しかしそれについて特に思うこともなく、慣れない一人暮らしに四苦八苦しながら数年が過ぎた。

五稜郭タワーが、建て直されるらしい。

そんな噂《うわさ》を耳にした二〇〇三年の暮れ、鳴海遥への年賀状にふと書き添えた。

【そういえば、五稜郭も新選組ゆかりの地ですよね。記憶は曖昧ですが、たしか『燃えよ剣』でも描かれていたような……？　五稜郭タワーが建て直されるそうです。もっと展望台が高くなって、見晴らしがよくなるのだとか。ご興味があればぜひ。】

鳴海遥からは二月の初めに、茶封筒に入った手紙が届いた。

【五稜郭タワー、建て直されるんですね！　『燃えよ剣』の話、覚えていてくれてありがとう。五稜郭、もちろん出てきますよ～。若い頃はやっぱり江戸編や京都編が好きで、戊《ぼ》辰《しん》戦争以降はあまり読み返さなかったのですが、最近はむしろ、新選組が瓦解した後の土方さんの生き方に心惹《ひ》かれるものがあります。私も年をとったってことですかネ……。新しい五稜郭タワー、行ってみたいと思います。久しぶりに高木くんにも会えたらうれしいです。そういえば、北海道日本ハムファイターズ設立おめでとう！】

手紙の末尾には、鳴海の現在の携帯電話の番号とメールアドレスが書かれていた。

いやいや年をとったもなにも、四十年以上前の小説に対して最近また感銘を受けてるんだから、あなたはなんにも変わっちゃいませんよ。

そんなことを胸で呟《つぶや》きながら、高木は記されたメールアドレスを慎重に端末へ打ち込んだ。


新しいタワーがオープンしても、鳴海とはなかなか休みの日程が合わなかった。なんでも、祝日や世間が休む時期の方がかえって忙しい状況なのだという。やっと落ち合えたのは二〇〇八年の春で、最後に東京で別れたときから実に十八年の歳月が過ぎていた。

「いやーお互い、アラフィフだねえ」

深緑のワンピースに丈の長いカーディガンを重ねてやってきた鳴海は、まるで野に咲くひなぎくのような素朴で明るい雰囲気の女性になっていた。襟足の長いショートカットの髪を明るいブラウンに染め、跳ねた毛先を軽やかに風に遊ばせている。最近の流行りなのか、左手の人差し指に、細長い鳥の羽をくるりと巻きつけたような品のいいゴールドのフェザーリングをはめていた。

「ずいぶん忙しいんだね、パソコン教室」

「ああ、今はもう違うの。パソコン教室は五年前くらいに辞めちゃった。うちよりもずっと大きな会社があちこちの駅前に教室を作るようになって、割に合わなくなったの。今は友達の、子供向けのアウトドアイベントを企画する会社を手伝ってる」

「災難だったなあ」

「いいのいいの、赤字になる前に撤退できたし。それに、うーん……パソコンも区切りっていうか……そろそろ次のなにかが出てくる気がするんだよねえ。パソコンって、設置も設定もけっこう大変で、向いている人しか使ってなかったし。パソコンよりもっと簡単に、誰にでも扱える電子機器が出てくるんじゃないかな。だから、今は様子見」

柔らかく口角をあげる鳴海は、いつかの麻雀大会と同じ、勝負を楽しむ顔をしていた。

「新しい五稜郭タワー、きれいだねえ。ガラス張りの展望台が、空の色を映してる」

「俺も初めて上るよ。オープンからずっと混んでて、空《す》いたころに行けばいいやって思ってたから」

「地元の人ってそういうところあるよね」

長い待ち時間を過ごし、やっと順番がきてエレベーターに乗り込む。定員ぎりぎりまで乗せるために体を寄せた鳴海からは淡いおしろいの香りがした。青い幻想的なライトで内部が満たされ、壁面になにかしらの図柄が浮かび上がっているようだが、人が多すぎてあまり見えない。

「高木くん、見て」

小さな呼びかけに顔を向ける。鳴海はエレベーターの天井を指さしていた。そこには、タワーのシンボルだろうか、小さな星が浮かんでいた。

展望フロアから五稜郭を見下ろした鳴海は、とても真剣な顔つきをしていた。きっと物語を反芻しているのだろう。邪魔をしないよう、展示物を見る間も高木は少し距離をとった。展示の最後、土方歳三の銅像の前に来た時だけ、並んだ写真を撮ろうかと申し出た。

「ふふふー！　じゃあお願いします」

鳴海の頬が、いつのまにか温かなピンク色に染まっている。喜びで人の顔は本当に火照《ほて》るのだと、高木は初めて実感した。足を開いて堂々と座した土方歳三の隣で、鳴海は照れくさそうに背中を丸め、にこりと笑った。

五稜郭公園を散歩し、さらに鳴海がどうしても行ってみたいという一本木《いっぽんぎ》関門跡へ向かう道中、お互いの近況について語り合った。

高木が離婚したことを告げると、鳴海はずいぶん驚いた様子だった。

「家庭に向いている人だと思っていたよ」

「とんでもない。うーん、情けないけど、俺は性根が雑なんだ、きっと。娘が小一のときの遠足の支度も、しおりに必要だって書かれていたのに上着を持たせるのを忘れて、娘は鼻水を垂らして帰ってきた。そういうことの積み重ねでだめになった。気をつけてもなにか見落としてるんだ。妻は、俺とは真逆のしっかりした人だった。だから余計にいやだったんだろう」

「ああ、人の身の回りの世話をするのって難しいよねえ。私もよく失敗して、職場に電話がかかってきたな」

鳴海は、転倒由来の骨折で寝たきりになった父親の介護を、長いあいだ母親と分担して行っていたらしい。結婚は結局しなかったという。まあそうだろうな、と高木は先ほど土方歳三の銅像の隣で頬を染めていた姿を思い納得した。『燃えよ剣』の土方歳三は喧嘩が強いだけでなく、目元に涼しげな色気を宿した洒落《しゃれ》男だ。理想の相手がそれでは、生きてその辺を歩いている現実の男はそうとう情けなく見えるだろう。

土方歳三の最期の地だとされる一本木関門跡は、五稜郭から三キロほど南西に位置する。小さな公園内には、石碑と看板が立てられていた。


――五月十一日、ついに箱館《はこだて》も政府軍の手に落ちた。土方は箱館奪回を目指し、五十名の兵を率いて一本木（現・若松町《わかまつちょう》）の関門を出て箱館の市中に向い、敢然と切り込んでいったが銃弾に当たって倒れ波乱に満ちた生涯を閉じた。時に三十五歳であった。

函館市

こういう場所があると聞いてはいたが、実際に足を運ぶのは初めてだった。緊迫した看板の文章を読み、高木はほうと息を吐いた。

「どうして没地が五稜郭じゃないんだろうと思っていたけど、土方歳三は最後に打って出たのか」

「ふふ。本当の土方さんがどうだったかはわからないけど、『燃えよ剣』には、籠城をいやがる描写があったよ。『籠城というのは援軍を待つためにやるものだ。われわれは日本のどこに味方をもっている』って。自分たちの隊が錐《きり》のように官軍に突き刺さるから、後続でその穴を拡大してくれって頼んでいた」

「果敢だなあ。じゃあ、とんでもない劣勢の渦中でも勝つつもりだったのか」

「どうだろう？　小説の登場人物でも、そのときなにを考えていたかって、完全につかむのは難しいね」

架空の人物に真意なんてあるのか？　と一瞬、高木はわけがわからなくなる。しかしファン歴の長い鳴海のなかでは当然のことなのだろう。涼しい顔をしている。石碑に手を合わせ、顔を上げた鳴海は笑った。なにか甘いものでも口に含んでいるような、うれしそうな、けれど密《ひそ》やかな、じわりとにじむ笑い方だった。

「若い頃は、もう最後の方が辛くてさあ。でも、ある日……鳥羽伏見《とばふしみ》の戦いの直前だったかな……近藤勇《こんどういさみ》が狙撃されて、それで、新選組を土方さんに任せるシーンがあるんだけど。土方さんは、近藤勇に対して凧《たこ》のイメージを持ってるのね。順風ならばどこまでも上がっていく大凧だけど、風がなくなると落ちてしまう。情勢が悪くなるとこの人は弱くなるって。それに対して、俺は鳥だって。風に乗るんじゃなく自力で飛ぶ、情勢が悪くなるほどつよくありたいって。そのシーンを読み直していたら、あっそうか、この人は鳥としての自分をまっとうしたのかって腑《ふ》に落ちて、最後まで落ち着いて読めるようになったんだ」

「かっこよすぎないか、それ」

「ねえ」

鳴海は人差し指のリングを撫《な》で、少し考えてから続けた。

「若いうちは勢いもあるし、体も元気だし、周囲もあおせいこうせいって過剰なくらいに言うし、行先にあんまり迷わないじゃない？　でもそういう風がやんで……あー、無風だけど一人でばたばた飛ばなきゃだめだわって時期がきても、私も腐らずにがんばろうって思えたんだ」

「いつも元気なはるちゃんでもそんなことを思うのか」

「思うよ！　もちろん。不安なことはたくさんあるよ。人間ドックだって毎年ドキドキしながら受けてるもの」

「俺は凧だったなあ。近藤勇みたいにぐんぐん空に上るどころか、筋の悪い風に乗って右往左往して、気がつけば変なところに落ちていた」

だからこそ、鳴海には言いにくいことだが『燃えよ剣』を読んだときには、強靱《きょうじん》な精神の持ち主として描かれる土方歳三よりも、人間くさい弱さを露呈させる近藤勇に好意を持った。鳴海は少し笑い、高木の背中をぽんと叩《たた》いて歩き出した。

若松町を通り過ぎ、箱館戦争に旧幕府軍として参戦し落ち延びた兵士がのちに料理人として腕を振るったレストラン「五島軒《ごとうけん》」に入る。濃厚なポークカレーを堪能《たんのう》し、帰りに函館朝市で乾物を買い、鳴海は軽い足どりで特急「スーパー白鳥」に乗って青森に帰っていった。

翌年は秋に、そのさらに次の年はまた春に。それからだいたい年に一度のペースで、彼女は函館を訪ねてきた。高木はそれを楽しんで迎えた。

高木が会社を定年退職した年は、鳴海がランチをワインつきでおごってくれた。

「高木くんはこれからどうするの？　嘱託？　それとも、別の仕事とか？」

「いや、腰が悪いんだ。しばらくは運動習慣をつけて、ゆっくりするよ。はるちゃんは？今の仕事は定年制じゃないのか？」

「うーん、アルバイトみたいなものだから。ああでも、ちょっと試してみたいことがあって――」

心地よい葉擦れの音に似た、鳴海の笑い声が遠ざかる。

新青森、と繰り返されるアナウンスに気づき、高木は慌てて体を起こした。リクライニングシートの位置を戻し、荷物をかき集めて席を立つ。乗客の流れに乗って新青森駅のホームに降りた。駅構内には、暖色の光をじわりとにじませる土偶や金魚、雄々しい猛者《もさ》たちのミニねぶたが飾られている。改札の先には、待ち合わせスポットとして活用されているリンゴの形をした巨大な赤い鈴が見えた。

青森といえばやはりねぶたとリンゴなのだな、と出張や観光で訪れるたび、高木は青森の明快な観光資源の提示方法に新鮮味を感じる。函館はよく歴史と夜景の町と言われるが、どちらも物品として屋内に気軽に提示するのが難しい。感心しつつ、乗り換え口を通って在来線のホームに降り、奥羽《おうう》本線に揺られて青森駅を目指した。

青森駅のホームから階段を上った先の通路で見ることができる青森ベイブリッジは、いつ見ても両羽を広げた白鳥のように美しい。

「高木くーん」

青森駅の改札口前では、ウールのハーフコートを着てワインレッドのニット帽をかぶった鳴海が手を振っていた。顔の下半分が淡いブルーのマスクでおおわれているが、目を見るだけで微笑《ほほえ》んでいるのがわかる。高木も片手をあげて挨拶に代えた。

「いらっしゃい。はるばるどうも」

「二時間じゃ、はるばるってほどじゃないよ」

「ふふふ、知ってる」

鳴海に連れられて青森湾に面した広々とした公園のベンチに移動し、高木が持参した弁当の包みを開いた。鳴海が函館を訪れるたびに買って帰るという「鰊《にしん》みがき弁当」だ。函館駅の名物駅弁で、「鰊」と大きく印字がされた弁当の包み紙をはがして蓋を開くと、ふっくらとした数の子が四本、そして大きな鰊の甘露煮が三枚、白米の上に広げられている。昭和四十一年の発売からずっと変わらない製法で作られているらしい。

「これですよこれ。ありがとう。いただきます」

マスクを外し、鳴海は笑顔で箸を割った。その顔が前と会ったときと比べてそれほどやつれているようには見えず、高木は内心で胸をなでおろした。自分もマスクを外し、まずはドリンクに口をつける。ドリンクはペットボトルの温かいほうじ茶を二本、鳴海が用意していた。

ブルーグレーの海を眺めながら、二人並んで箸を動かした。肉厚で柔らかな鰊がほろりと口の中でほどけ、濃厚なうまみを舌に伝える。かずのこはあっさりとしていて歯ごたえがいい。付け合わせの茎わかめの醤油煮も、しゃきしゃきとした食感が心地いい。

「おいしい」

「うん、うまいな」

「鰊って、やっぱり函館ではよく食べるの？」

「うーん、子供の頃はよく、ばあちゃんの漬け物で出てきたよ。よく乾かした鰊を米のとぎ汁でうるかして、大根やキャベツと一緒に、あのでっかい蓋つきのバケツみたいな容器に漬け込むんだ」

「魚の漬け物……ねぶた漬みたいな？」

「ねぶた漬は数の子やするめと一緒に野菜を漬けるんだっけ？　発想は近いんじゃないかな。なんでも海産物を入れればうまいよな」

弁当をあっという間に食べ終えた鳴海は、ほうじ茶をひとくち飲んでほっと息を吐いた。

「いい気持ち。ありがとう。ピクニックしながらだと、余計においしかった気がする」

「そりゃよかった」

「後遺症で、髪が抜けてね。ちょっと参ってたんだ」

高木はちらりと鳴海のニット帽に目を向けた。少なくとも、前髪や襟足から見える毛量が変わったようには見えない。前と変わらずおしゃれだ」

「ぜんぜんわからない」

「ふふ、どうも。抜けた髪は時間がたてば戻るってお医者さんも言ってた。けど、たくさん抜けてるのを見るとどうしても鬱々としちゃって……だから、高木くんに声をかけてもらって助かったよ。いい気分で外にいるの、久しぶり」

鳴海はベンチから伸ばした足の先をゆらゆらと子供じみた仕草で揺らしている。ライトグレーのスニーカーが、昼の日差しを受けて鈍く光る。

そういえばここ数年よく鳴海遥と会っているんだ、と会社の元同僚との飲み会で告げたところ、彼は目をまん丸くして、「あの麻雀が強かった、土方歳三ファンの子？」と聞いた。

「そう。その鳴海遥」

「高木も変わった趣味だなあ」

「そういう仲じゃないんだ。鳴海さんは俺じゃなくて、函館には土方歳三に会いに来てる」

「またまた、いい年してそんな幼稚な話があるかよ。どんだけイタいおばさんだよ。いいんじゃない、熟年結婚。最近はやっているみたいだしな」

「いや、本当にそんな雰囲気じゃないんだって。観光して、昼めし食って帰るだけ。友達なんだ」

「馬《ば》っ鹿《か》、女がはるばる何度も海を渡って会いに来てるんだろう？　察してやるのが男じゃないのか？」

そういうものだろう、と彼は気炎を吐いた。すでに二人の間で、焼酎の瓶が一つ空いている。

そういうものなのか？　と高木は首をひねった。


そういう、ものなのだろうか。

自分は、鳴海遥から遠回りなアプローチを受けているのか？

一度だけ感じた鳴海のおしろいの香りを思い出す。あれはけっして不快な香りではなかった。こちらからそうした誘いを出さないことで、自分は鳴海に恥をかかせているのか？

そういうものか、そういうものか。まるで抱きしめてほしいとばかりに揺れる心細げなつま先を眺める。鳴海も年をとってようやく架空の不毛な恋から醒《さ》め、生身の人間が恋しくなったのか。

――察してやるのが男じゃないのか？

急に、そうしなければならないような気になって、箸を食べかけの弁当箱のへりに置いた。かたわらの体に手を伸ばしかけた、そのとき。

――「そういうものか」で済ませていいことなんて、本当は一つもなかった。

苦い悔悟《かいご》がよみがえり、指がとまった。浮いた指先を自分の体の方へと向け、背中の真ん中がかゆくなって掻《か》いただけです、みたいな動作をして、再び箸を持つ。

そもそも、俺は鳴海との現在の関係を変えたいのか？　いや、変えたいとは思っていない。なら余計なことをしなくていい。茎わかめの醤油煮を噛《か》みながら考える。

――俺との関係が鳴海にとって不快なものになったら、彼女はきっと函館に来られなくなる。俺が住んでいる五稜郭まわりはなおさらだろう。そうしたら、あれほど大切にしている土方歳三ゆかりの地にも行けなくなってしまう。それはだめだ。絶対にだめだ。

力強い「否！」が自分の内部から返った。

うん、と一つうなずき、高木は弁当を食べ終えた。

「そういえば、ちょうど紅葉していたから、来る途中に撮ってきたよ」

高木が持参した今朝の五稜郭の画像を、鳴海は噛み締めるように一枚ずつ眺めていった。

紅葉に彩られた五稜郭の全景と、土方歳三の銅像の画像でスライドをとめる。

「これとこれ、送ってほしいな」

「もちろん」

「土方さん、元気だった？」

「銅像の機嫌は俺にはわからんけど、いつも通りだったよ」

画像データを送信し、高木はスマートフォンのディスプレイを見つめる鳴海の横顔に目を向けた。温かいほうじ茶を一口飲む。

「それで、最近の新選組関連でいい話はないの？」

なにげなく水を向けると、それまでの憂鬱な様子はどこへやら、鳴海の顔にじわっと朱が差し、口元からあふれそうな笑顔をなぜか懸命にてのひらで押さえ始めた。なにかいいことがあったようだ。

「……高木くん聞いて！」

「聞いてるよ」

「もう、ほんと、聞いて！」

「聞いてますって」

「岡田《おかだ》准一《じゅんいち》くんが土方さん役で、『燃えよ剣』が映画化されたの！　コロナのせいで公開が延期されたときは死にそうなくらい辛かったけど、がんばって生きてよかったあ……。キャストがみんな際立っていて素敵でね。そりゃ、私も二〇〇四年の大河ドラマ『新選組！』の、山本耕史《やまもとこうじ》くんの土方さんが至高！　って思ってたわよ？　土方さんのお兄さん役で栗塚旭さんが出演しているくらいだもの。あれが一つの山のいただきであることに異論はないの。でもね、それはそれとして、岡田くん素晴らしかった……。殺陣のきれがもう鳥肌が立ちそうなくらいで……近藤さん役の鈴木亮平《すずきりょうへい》さんもぱっと場が明るくなる笑い方が素敵だったし、お雪さん役の柴咲《しばさき》コウさんも今どきのシャキッとした女性像がかっこよかった。大満足よ。特典付きブルーレイも買っちゃった」

まくしたてられた話の情報量があまりに多く、俳優に詳しいわけでもない高木はまるで嚙み砕けない。ただ、鳴海が大いに喜んでいることはわかる。よかったね、と相づちを打った。

「そういえば、前々から不思議だったんだけど。はるちゃんは、お雪さんに思うところはないんだね。史実にはいない人なんだろう？　意中の男に勝手に相手役を作られて、煙たくなったりしないの？」

「お雪さん？」

予想外のことを言われたとばかりに、鳴海は目を丸くした。指の背で口元を押さえて考え始める。

「どうだろう……？　私だったら……あんな、日本中が敵に回ってもなお、自分を思って忍んで会いに来てくれる恋人がいたらうれしいけどな……うん、あれはあれで、いい創作だと思う」

薄い視点のズレを感じ、高木はまばたきを刻んだ。

なんだろう。それは些細《ささい》だけど、とても大きな違いだ。鳴海という人にかかっていたもやを、晴らすような――。

「ああ、そうか。そうなのか。はるちゃんは、土方歳三みたいな男に愛されたい人じゃなくて、土方歳三みたいに生きたいって人だったのか」

だからいつも、土方歳三への好意をあらわにすると同時に、視点が土方歳三の内側だったのだ。

新選組ファンの不思議ちゃん、勝気で生意気な女、社内の浮いてる人。商売を繁盛させてからは、男勝り、独身子無しのオールドミス、イタいおばさん。

鳴海を評そうとする周りの声はたくさんあった。しかし高木からすればどの表現も、実際の鳴海の人物像とはズレているように感じられた。長い時間をかけて高木はやっと、鳴海について自分が感じることを言葉にできた気がした。

ぽかんと口を開き、しばし動きをとめた鳴海はやがて、両手で自分の頬を押さえた。

「えっ、その二択？　どっちだろう……いや、うん、どっちも。どっちもかな……すごいね高木くん。改めて言われると照れるけど、そうかもしれない。そんな大それたこと、いつも考えてるわけじゃないけどね。もっと簡単に……土方さんががんばったんだから私もがんばろう、みたいな？　単純だから、すぐに影響を受けるんだよ」

「でも、それを実行に移すのがすごい。はるちゃんはすごい。自分でものを考えて、自分の羽で飛ぶ方向を選んでいて、かっこいい」

「あ、ありがとう」

照れたそぶりでうつむいた鳴海は、少し間をおいてすんと鼻を鳴らし、まばたきを速めた。

病み上がりの人間を引き留めておくのも気が引けて、高木は早めに暇《いとま》を告げた。

「顔が見られてよかった。元気そうで安心した」

「ありがとう。次は私が函館に遊びに行くね。春ぐらいにでも」

「土方の好きな季節だから？」

「ふふふ」

「耳にタコだよ」

土産にと鳴海はリンゴが丸ごと一つ入ったアップルパイと、駅前のシードル工房で作られた辛口のアップルシードル一瓶が入った紙袋を渡してくれた。礼を言って、高木はそれを手に提げた。

「じゃあ、抜け毛が気になる人は無理せず早めに帰って。好きなブルーレイをたくさん観て、おいしいものを食べて、髪をわさわさ生やしてください」

「はあい」

口元を押さえてくすぐったげに笑う鳴海の人差し指には、相変わらずゴールドのフェザーリングが輝いている。その明るさが、高木の目を射抜いた。

「なあ、そのリングってどこで買ったの？　かっこいいよな。メンズのもあるのかな」

鳴海は手の甲を自分に向けてフェザーリングを見つめ、唐突にそれを抜き取ると高木に差しだした。

「あげる」

「えっ、いいよいいよ！　店を教えてくれれば。そんなつもりで言ったんじゃないんだ」

「店は家の近所で、私はすぐに買えるから。私の人差し指なら、高木くんの薬指か小指に合うんじゃないかな。うれしいことを言ってもらったから、お礼に受け取ってほしい」

「そうか、悪いなあ……」

受け取ったリングを、いくつかの指に通してみる。右手の小指に、まだ温かい羽の指輪はしっくりと収まった。涼しげな午後の日差しを受けてきらりと光る。

「大事にするよ」

「うん」

じゃあ、と背を向けかけたところで、あ、と鳴海が素っ頓狂な声を上げた。

「そうだ高木くん。麻雀、今でも好き?」

「好きだけど、どうしたの」

「今度ね、高齢者向けのタブレット教室……っていうか、今は世の中に山ほどアプリがあるじゃない? でもスマホやタブレットの使い方がわからないって人も多いから、昔取った杵柄《きねづか》で、そういう人向けの市民講座を開こうと思っているの。それで、講座のどこかで、アプリを使えば遠くに住んでいる友人や家族と、雑談をしながら麻雀を始めとする色んなゲームができるよっていうのを実演したいんだけど、高木くん付き合ってくれる?」

「相変わらず活動的だな。いいよ、付き合うよ。というか、俺にもその遊び方を教えてくれよ」

「わかった。じゃあまた連絡するね」

青森駅前で手を振って別れた。遠ざかっていく友人の背中が人波に紛れて見えなくなると、高木は腕を下ろした。

さて、どうしよう。まだ日は高いし、二時間ほどで帰れるのだから、まだこの近辺で遊ぶ余地がある。駅前の「ねぶたの家　ワ・ラッセ」にでも寄ろうか。それとも、足を延ばして三内丸山《さんないまるやま》遺跡を訪ねるのもいいな。

あれこれと考えながらスマホを取り出す。手の動きに合わせて、小指に寄り添う羽の輝きが網膜をくすぐった。

ああ、羽がある。

俺に、羽があるぞ。

不思議な心地で、高木をそれを見つめた。

遠まわり

いつ置いて行かれるだろうと、それぱかり考えていた気がする。

どこまでも広がる暗色の海。時折目を射る波頭のきらめき。終わりのない苦行を受けている気分で重い空気をはたき、空を渡っていた。

ふいに後方から風が押し寄せ、その流れに沿って群れ全体が向きを変えた。視界の端からにじむように色彩が押し寄せてくる。草と土の匂いが風に混ざる。陸が、近づく。

ああ、もうこんなところまで来ていた。生きている、まだ生き続けられる。そう実感して、体がじわりと温まった。白く眩《まばゆ》い塔を通り過ぎたら、目指す場所はもうすぐだ。

帰ってきた。今年も帰ってきたぞ！　歓喜の咆哮《ほうこう》とともに、赤い鳥居に舞い降りた。

風音のような新幹線の走行音が耳にすべり込み、三浦慎治《みうらしんじ》は目を覚ました。茫漠《ぼうばく》とした海が薄れて消え、代わりにグレーの縞《しま》模様が入った座席生地と、収納されたシートバックテーブルが現れる。いつの間にか眠っていたようだ。車内の電光掲示板によると、つい先ほど新青森駅を出発したらしい。新函館北斗駅《しんはこだてほくと》を出発して、早一時間。うたた寝していたらあっという間だった。穏やかな日差しを浴びた青森市街の上空を、カモの仲間らしき頭の丸い鳥たちが群れをなして飛んでいる。

「いいよな、鳥は会議とかなくて、どこにでも行けてさ」

一つ前の窓際の席に座った乗客が、連れ合いに話しているのが聞こえた。窓のそばの肘掛けに、スーツらしき落ち着いた紺色の生地に包まれた腕が置かれている。話しかけられた通路側の乗客は部下なのか、笑い含みの丁寧な口調で応じた。

「自分もときどき考えます。あれですよね。突発的に、いつもの通勤ルートとは逆方向の電車に乗ってみたくなる、あの」

「そうそう。しかも電車だとさ、行き先が絞られるけど。鳥なら風の向くまま気の向くまま、行き先は無限大だろう？　すばらしいね」

続く会話の内容から察するに、前席の乗客たちは自社製品に不具合が発生し、複数の顧客に謝罪と説明をして回っているようだ。えらいこっちゃ、とつられて苦々しい気持ちになりながら、三浦は鳥の群れに目を戻した。

風の向くまま気の向くまま、飛べたことなんてあっただろうか。

きっと彼らも、億劫《おっくう》さを感じながら、翼を動かしているに違いない。

紅葉した山野と平べったい田畑が続く車窓を眺めるうちに、また眠気が差した。今日は早起きして支度したから、単調な景色と振動が余計に効いた。三浦は隣の座席シートにのせた紙袋にちらりと目をやった。久々で少し不安だったけど、卵焼きがうまく巻けて本当によかった。

荷物と上着を手に八戸《はちのへ》駅のホームに降りると、重厚な三味線の音色を響かせた印象的な発車メロディに迎えられた。ころりころりと鼓膜をくすぐる独特のメロディは、この地域に伝わる民謡だろうか。

二年前にこの地を訪れたときには、違う発車メロディだった気がする。トラウザーパンツの尻ポケットに押し込んだままになっていたスマホが振動した。ディスプレイを確認すると、待ち合わせをしている奥平拓海《おくひらたくみ》から、メッセージが届いていた。

『もうすぐかな？　本八戸《ほんはちのへ》駅前の公園にいるよー』

シンプルな一文に『了解です』と四文字を打ち返し、三浦は巨大な金属製の肋骨《ろっこつ》を思わせるホームの天井を見上げた。

海と、鳥居。自分がその二つのモチーフにやたらと惹《ひ》かれることに気づいたのはいつだっただろう。

小学生の頃、社会科の授業で目にした厳島《いつくしま》神社の写真に興奮したことは覚えている。ここに行きたい、どうしても行きたい！　と帰宅後に両親に訴えたが、函館で時計店を営む両親にとって、広島は子供の要望だけで訪問できるほど気軽な観光地ではなかった。

実際に三浦が厳島神社を訪ねたのは函館市内の大学に通うようになってからだ。

一年生の英語の講義の最中、テキストの陰に隠して海辺の観光地の情報を集めたガイドブックを見ていたら、講義終了後に隣の席で受講していた他学部の女子に肘をつつかれた。

「ね、ずっといいもの見てたね。夏休みどこか行くの？」

それが、奥平拓海との出会いだった。奥平はしゃべり方と笑い方がゆったりとしていて、同い年なのにどこか大人っぽい、落ち着いた雰囲気がある人だった。レトロな配色のボーダーのトップスに、前髪のないワンレングスのボブカットがよく似合っていた。彼女の穏やかな物腰につられて、初対面の相手がそれほど得意ではない三浦も、ぎこちなく言葉を返すことができた。

「海……海辺の神社とかに行きたいんだけど」

「ふんふん」

「ただ、ここに行こう、って踏ん切りがなかなかつかなくて。あまり遠いと金もかかるし、不安も多いし」

道内ならまだ平気だが、三浦には漠然と地元から遠ざかることへの忌避感があった。見知らぬ土地で、トラブルに巻き込まれたらどうしよう。なにか重大な乗り換えミスを犯して、資金が足りなくなったらどうしよう。遠出する自分を思うたび、そんないやな想像がふわりとふくらむ。

でもそれを、初対面の相手に告げるのは迂闊《うかつ》だったかもしれない。十八にもなって遠出が不安とか、ダサいって思われるかな。なにか言葉を足そうと思った瞬間、奥平はあっけらかんとした声で「わかるー」と応じた。

「私も飛行機だめでさー。少し前に東京に住んでる兄貴の結婚式に出席するために家族と乗ったんだけど、ずーっと外見ないで音楽聴いてた。なんで飛んでるのかよくわかんなくて怖い。一人じゃぜったい乗れないや。でも道外の有名な観光地っていうと、だいたい飛行機を使うことになるよね。フェリーと新幹線じゃ、下手すると移動だけで丸一日かかっちゃうし」

眉毛を八の字にして苦笑し、奥平は三浦の手元を指さした。ドッグイヤーがついた厳島神社の写真だ。

「きれいだね」

「広島の神社だよ」

「飛行機だなー」

奥平はバタリと大げさな仕草で机に突っ伏した。乱れたボブカットの裾からうなじが見える。くぐもった低い声で、彼女は続けた。

「あー、遠くに行きたい」

なにげない呟《つぶや》きに、三浦はすうっと心が彼女の方へ引き寄せられるのを感じた。

奥平の焦燥は、三浦が感じているもどかしさと似ていた。彼方《かなた》にとても焦がれるのに、慎重なのか臆病なのか、足がすくむ。上京や留学を計画し、迷いなく実行できる人たちとは歩調が合わない。だけど、行きたいという気持ちはなくならない。

「一緒に行く?」

冗談っぽい言い方をしたけれど、本当になってもいいような気分で言った。奥平は腕から顔を少し浮かせ、「いいね」と口角を上げてかっこよく笑った。

初めから、お互いに淡い好感を持っていたのだろう。講義で顔を合わせるたびに仲が深まり、その年のクリスマスには一緒にイルミネーションを見に行く仲になっていた。そして出会いから一年が過ぎた二年生の夏休みに、お互いにバイト代をはたいて二人で広島観光に出かけた。

「飴舐《あめな》めて、目を閉じてなよ。音楽聴いてさ」

「うん」

函館空港から離陸する際、奥平は縮こまって三浦の肩にぎゅっと額を押しつけていたが、機体が水平になると体を起こした。それからは、手さえつないでいれば平気そうだった。

念願叶《かな》って訪れた厳島神社は美しかった。満潮時だったため、輝く水面に浮かぶ朱塗りの社殿と大鳥居を心ゆくまで眺めることができた。海風が心地よく、何時間でもそこにいられそうな気がした。奥平は興奮で頰を紅潮させて、いつまでも動画を撮っていた。

文句のつけようがない、素晴らしい観光地だった。しかし三浦は場を楽しむと同時に、かすかな違和感を覚えていた。

こんなに——こんなに広かっただろうか？　もっと騒がしかった気もする。

そこまで考えてふと、自分の思考の奇妙さに首を傾《かし》げた。もっとって、なんだ？　いったい俺は、どこと比べているんだ。

お好み焼きも、穴子飯も、ラーメンもとてもおいしかった。平和記念公園では神妙な心地になった。広島観光そのものはこの上なく楽しかった。彼女との初旅行の行き先としてもよかった。それなのに行くべき場所を間違えたような、肩すかしに近い感覚が残った。

——ここじゃなかった。

帰りの飛行機のシートで、奥平の手を握りながら思う。しかし、ここじゃないって、なんだろう。

それから大学在学中に二度、奥平と旅行に出かけた。一度目は温泉に入ろうと神奈川県の箱根町《はこねまち》を訪ねた。美術館巡りの合間に、ちょっと行ってみたい、と三浦から申し出て芦《あし》ノ湖《こ》湖畔にある箱根神社を訪ねた。水辺の神社だから気になって立ち寄ったが、立派な杉並木の参道を進む最中にもう、ここじゃない、と分かった。清々《すがすが》しい木の香り、あちらこちらに影を蓄えた神秘的な景色、みずみずしい空気。そのなにもかもが、自分が探すなにかと微妙に食い違う。芦ノ湖を背景にした平和の鳥居は素敵だった。しかし、水の匂いが違う——そう思ってふと、淡水ではないのかもしれない、と気づいた。

二度目の旅行先は福島県だった。たまたま映画を見て行きたくなったという奥平のリクエストで、いわき市のスパリゾートハワイアンズを訪ねた。明るく賑《にぎ》やかな南国の空気が漂う温泉施設で思い切り遊び、市内の旅館に泊まった際、夕食の膳を届けに来た仲居が波立《はったち》海岸のことを教えてくれた。雄大な風景がSNS映えするとツーリング客に特に人気の場所で、海に突き出た小島に朱塗りの鳥居が建っているらしい。

島に、鳥居が建っている。その言葉で三浦の胸がざわめいた。

「慎ちゃんパワースポット好きだもんね。行ってみる？」

いつしか奥平は、三浦の趣味はパワースポット巡りだと認識していた。厳密にはきっと違うのだけど、うまく差異を説明することもできず、三浦は提案にありがたく頷《うなず》いた。

そうして訪れた波立海岸で、三浦の胸は強く鳴った。

似ている、とまず思った。海の匂いが、とても似ている。海中から大きな岩が突き出した荒々しい島の風合いも、似ている。

——近い。ここから、きっと、近い場所にある。

同時に、ここではない、と分かってしまう。波立海岸の弁天島には、神秘的な赤い鳥居のみが建てられていた。でもあの場所には、たしか鳥居だけでなく、大きな＊＊の巣があって、俺たちはその周りで——。

「どうですか」

鳥居と橋の両方が見渡せるポイントで写真を撮り終えた奥平に呼びかけられ、三浦は我に返った。

「きれいな場所だね」

「ねー。この橋と岩山と水平線の配置が、決まりすぎてて絵画みたい」

「初日の出スポットなのも納得だ」

「慎ちゃんの趣味に付き合ってると、一人じゃ絶対にたどり着かないような景色を見られて楽しい」

「そっか」

深い青色の海を眺めるうちに、もう少し、思っていることを口にできる気がした。

「俺も、拓ちゃんと一緒だから、安心して遠出できたんだと思う」

「へへ」

帰りのタクシーで、さっそく奥平はSNSに撮った写真をアップしていた。三浦は彼女の頬の辺りに目を落としたまま、先ほど意識をよぎった奇妙な音声を反芻《はんすう》した。
＊＊、は鋭く甲高い、獣の鳴き声のような音だった。あえて人間の言葉にするなら――ギュア、とか、ギャア、とか、そんな音だろうか。とっさに言葉にしにくい、鳴き声としか言いようのない複雑な音だ。
まともに発音することもできないのに、なぜかその音声の意味だけは分かった。
＊＊、という音が頭をよぎるとき、自分は「移動する樹木」のイメージを持っていた。
移動する樹木？

移動する樹木の、巣？

馬鹿馬鹿しい、と放り投げたい気分がこみ上げる。ファンタジー作品のキャラクターじゃあるまいし。
でもそんな荒唐無稽なイメージが、なぜ突然現れたんだろう。
思考を放棄できず、＊＊ともう一度胸の中で繰り返し、三浦は眉をひそめた。
＊＊という音を思い浮かべると、まるで川砂にきらめく砂金のような、わずかな喜びが心に広がる。＊＊、＊＊。それは、俺にとって喜ばしいものなのか。帰りの飛行機で、呪文のように反芻して目を閉じた。
その日初めて、翼を上下させ、懸命に灰色の海原を渡る不器用な鳥になる夢を見た。

卒業後、三浦は地元函館のホテルに就職することにした。奥平と旅行を続けて分かったのは、自分にとって遠出はやはり冒険で、喜びと同じくらい緊張を伴うもので、だからこそ旅先のホテルに対する期待度が高い、ということだった。清潔で、利用客に対して思いやりのあるところだととても助かる。呼吸が深くなり、旅が成功した、と感じられる。逆に明らかな仕事上の手抜きや冷淡さがにじむ宿泊先は、まるで自分の寝床が不当に攻撃されているような不安感を覚えてうまく眠れなかった。
自分と同じような繊細さを持つ客が、安心して宿泊できるホテル作りに携わりたい。その仕事にはやりがいを感じられる気がした。幸いなことに就活を始めて早々に大手資本のホテルから内定をもらい、三浦はいち早く就活を終えた。

意外だったのは、成績のいい奥平が、希望していた市職員採用試験に落ちたことだ。それだけでなくいくつか目星をつけていた企業も次々と不採用となり、彼女の就活は難航しているように見えた。しかし当人は特に焦る様子もなく、リクルートスーツ姿で大学に現れ、いつも通り食堂のテーブルに突っ伏してだらだらしていた。むしろ焦っているのは彼女の両親で、娘のために親戚中に声をかけ、実家から通勤圏内にある函館市近郊の勤め先を探しているらしい。

「先に兄貴が地元を出ちゃったからね。あんたは残ってもらわないと、っていうのが親の口癖だもん」

「拓ちゃんの家って、なにか親族が近くにいて守らなきゃいけない商売とか土地とか、そういうのがあるの？」

三浦の両親は、働き盛りの頃に他県から縁があって北海道にやってきた人たちで、仕事を理由に居住地を変えることを、それほど大ごとだと見なしていなかった。成人したら好きにしなさい、と言われて育った三浦は、子供を手元に置きたがる奥平の家族の考え方がよく分からない。

三浦の問いかけに、奥平はふっと力なく笑って首を振った。

「まさか、普通の会社員家庭だよ」

「ふーん」

「近所で子供を産んで、将来は同居してほしいって、そういう期待をもたれてるだけ」

まるで自分ではない他人の人生について語るような低いテンションで言い終えると、奥平は食べ終わったおにぎりのラップをくしゃくしゃと丸めた。

「炊き込みごはんのおにぎり最高だね。これだけでも満足感ある」

「まだ他にもあるよ。食っていいよ」

三浦がキュウリとニンジンの浅漬けとチーズちくわを詰めたタッパーを押し出すと、奥平はうれしそうに爪楊枝《つまようじ》をつまんで身を乗り出した。

三浦は大学二年生の半ばから旅行費用を貯《た》めるため、弁当を作って大学に持参するようになっていた。食べ物を持っていると決まって奥平が寄ってきて一口一口とねだるので、いつしかおにぎりを一つ多めに用意しておく癖がついた。礼のつもりか、奥平はよく食堂の安いアイスをおごってくれた。

食後、デザートに選んだレモンシャーベットの表面に添えられていた輪切りのレモンをしゃぶりながら、奥平はくぐもった発音で「あー、遠くに行きひゃい」と呟いた。

いつかと同じ言葉を聞き、三浦は不思議な気分になった。

初めて聞いたときには仲間を見つけたような高揚があったが、こうして長い時間をともに過ごすと、同じ旅行好きでも、自分と奥平ではかすかな違いがあることが分かってきた。自分はおそらく「遠くにある、場所はわからないけど探している場所に行きたい」タイプで、奥平は本当に心から「ここではない、なるべく遠い場所に行きたい」タイプだ。なぜそうなのかと問われても、きっとまともな理由を答えられない、ただそれに惹《ひ》かれるんだ、としか説明しようのない衝動を、それぞれ持っている。

「拓ちゃんはこう……一つの生息地で、生き物の群れがうまく暮らせなくなったとき、真っ先にそこを離れて別の生息地を探す個体って感じね」

「なにそれ、すぐ死にそうじゃん」

「勇敢なんだと思うよ」

「ありがとう」

「就職後も、金を貯めてちょくちょく旅行に行こうよ。二人とも稼ぐようになったら、海外でも行けるしさ」

そのためにも、今は現実を見据えて、堅実な勤め先を見つけるしかないだろう。地元で子供を産んでほしいという彼女の家の方針も心に留めた。

三浦はすっかりやる気をなくしている彼女を励まし、次に面接を予定している企業の業界研究を手伝った。

いろいろあっても、自分たちは今と変わらないまま大人になり、仲良く暮らしていくのだろう。奥平の両親だけでなく、三浦もそう信じて疑わなかった。

だから、就活後半になっても勤め先が見つからなかった奥平が、全国転勤の自衛隊に入隊した、と聞いたときには度肝を抜かれた。

他にどこにも受からなかった、ここだけは難関の試験も突破できた、待遇もいいし、いい経験だから、と渋る両親を説き伏せたらしい。自衛隊の採用担当者をわざわざ自宅に呼んで加勢してもらったというから周到だ。

「わざとだろ。他は全部落ちたの」

黒染めのショートカットで卒業式に出席した奥平に囁《ささや》きかけると、奥平は口角を上げて美しく笑い、べ、と無言で舌を出した。


新幹線から在来線に乗り換え、八戸市の中心街にほど近い本八戸駅に着いたのは昼過ぎだった。駅前の自販機でペットボトルの温かい緑茶を買い、緩い傾斜がある道を進んで待ち合わせの公園へ向かう。江戸時代に地域政治の中心地だった八戸城の城跡を整備した公園らしい。遊具や散歩道の他、展望デッキや広々とした芝生広場があり、落ち着いて過ごすことができる。二年前のデートでも立ち寄った。

「おひさー」

公園入り口の木陰に立っていた奥平が、三浦を見つけてふらりと片手を持ち上げた。前に会ったときよりも日に焼けている。少し前に演習でもあったのかもしれない。セミロングの黒髪をお団子型に結い、熟れた柿みたいに鮮やかで深いオレンジ色のニットワンピースに黒いブーツを合わせていた。しばらく会っていなかったせいか、秋の妖精みたいにかわいらしく見える。

三浦の隣を歩き出すなり、お腹《なか》すいたあ、と奥平はいつも通りの穏やかな調子で言って口をとがらせた。三浦は持参した紙袋を持ち上げた。

「ちゃんと持ってきましたとも」

「やった。炊き込みごはんのおにぎり?」

「そう。あと、唐揚げと卵焼きと浅漬け」

「フルコースじゃん!」

町を見渡せる展望デッキのそばのテーブルベンチで、三浦は持参した弁当を広げた。切り干し大根とニンジンとちくわの炊き込みごはんおにぎり。塩麴《しおこうじ》を使った唐揚げ。甘口の卵焼きと、塩昆布を使った白菜の浅漬け。どれも学生時代に奥平が頬を押さえて食べていたものばかりだ。

「いただきますっ」

ぱちんと両手を合わせ、奥平は弁当を食べ始めた。一口ごとに、んー、んー、と好物を味わう猫のように喉を鳴らしている。彼女の分として三つ用意したおにぎりの一つ目が、あっという間になくなった。

「おいしー」

「よかった。お茶もあるから」

しばらくはろくに会話せず、それぞれ手を動かして腹を満たした。恋人が日々暮らしている場所と思うと興味を引かれ、三浦は手すりの向こうに広がる町並みを眺めていた。

お茶を飲んでいる途中にふと、隣に座っている奥平が町ではなく、公園内部の方へ体を向けていることに気づいた。唐揚げで頬をふくらませた奥平は、鮮やかに色づいた園内の木々を眺めていた。奥深い緋色《ひいろ》のカエデ、黄金色の輝きを帯びたイチョウ。風が吹くたびに豊かな色彩のかけらがちぎれ、はらりはらりと宙を舞う。

「紅葉に気づかなかったよ。今日ここに来るまで」

「俺もそうかも」

「二年間ずっとそうだった気がする。慎ちゃんのお弁当が食べたかった」

唐揚げを飲み込み、奥平は温かいお茶で喉を潤した。三浦を見て、照れくさそうに腕を開く。三浦はベンチから腰を浮かせ、奥平の体を抱きしめた。

卒業後、奥平は一年近く福岡の自衛隊幹部候補生学校で訓練を受け、続いて千葉の駐屯地に配属された。職種は会計になったらしい。千葉に勤務している間、三浦も四ヶ月に一度ほどのペースで彼女を訪ね、ディズニーランドに行ったり都内を散歩したりと新鮮なデートを楽しんだ。親族とまだ揉《も》めているからと、奥平が帰郷することはなかった。なかなか会えないもどかしさはあったが、奥平は全国転勤を楽しんでいるように見えたし、三浦自身も就いたばかりの仕事に集中したい時期だったため、遠距離恋愛はそれほど苦痛に感じなかった。

社会人になって三年が経《た》った二月、「次は八戸だって」という連絡を奥平から受け、三浦は静かにガッツポーズをした。青森なんて、九州や関東に比べればものすごく近い。開通した新幹線のおかげで、あっという間に会いに行ける。

奥平の異動は三月の末になった。引っ越しの翌日、三浦は片付けの手伝いをしようと有休を取り、早朝の新幹線に乗って八戸へ向かった。まだ当時は新型コロナウィルス感染症もそれほど身に迫った問題ではなく、マスクをしている乗客はほとんどいなかった。在来線を乗り継ぎ、駐屯地の最寄りにある奥平のアパートを訪ね、挨拶もそこそこに堆《うずたか》く積まれた段ボールを手当たり次第に開梱《かいこん》した。二人とも作業を進める間に埃《ほこり》まみれになり、笑いながらキスをしてシャワーを浴びた。

ひとまずこれで明日から仕事に行ける、という状態まで部屋を整えたところで、奥平が遅い昼食に三浦を誘った。大家に勧められた食堂が、車で三十分ほどの距離にあるらしい。ずいぶん遠くまで行くんだなと思いつつ、三浦は奥平が千葉から運んできた水色のコンパクトカーの助手席に乗り込んだ。

「ウニ丼がおいしいんだってよ。あと、ラーメン」

「へえ」

市街地を抜け、海沿いの道路を走った。黒々とした岩が連なる磯《いそ》景色と、薄日に輝く群青色の海を眺めるうちに、三浦は再び自分の深部で「あの場所へ行きたい」という淡い衝動が身動《みじろ》ぎするのを感じた。就職して、あまりに忙しく日々が過ぎるものだから久しく忘れていた。

「気持ちよさそうだし、窓開けようか」

奥平が言って、サイドウィンドウを下げた。まだ冬の冷たさを残した海風がざあと勢いよく車内を巡る。生々しい潮と土地の香りを嗅いだ瞬間、三浦は息を呑《の》んだ。

知っている、と長年視界を覆っていたもやが晴れるように思う。

この土地を知っている。来たことがある。ここだ。俺はここに戻らなければならなかった。

海風に乗って、ギャ、と鋭さのある鳴き声が耳に届いた。ギャ、ギャ、ギャ、クー、ギュア！　顔を向けると、海上を滑るように飛ぶ白い鳥が賑やかな鳴き声を発していた。その鳥の声を聞き、姿を目にした三浦の内部で、じくりとにじみ出すように「意味」が広がった。わかる。この鳴き声の意味が、なぜだかわかる。

――＊＊＊、＊＊＊＊！　＊＊＊＊、＊！

あの鳥は高らかに、誇らしげに、「今年も帰ってきた！　帰ってきたぞ！」と歌っていた。

「あ、ウミネコだ。この辺りは多いんだって」

奥平がのどかな口調で言う。三浦は奇妙な、現実離れした浮遊感とともに遠ざかる鳥を目で追った。

八戸屈指の景勝地だという種差《たねさし》海岸の天然芝生地に到着した。広々とした芝地を海風が吹き抜け、胸の内側まで洗い流すような清々しさがある。

「日の出と日の入りがすごく綺麗《きれい》なんだって」

「へえ」

「あ、ここだ」

海岸からほど近い距離に、大家が勧める食堂があった。ウニにわかめ、貝類にカニと、魚介類がふんだんに使われたラーメンは、スープを一口飲んだだけで豊かで奥行きのある海の旨味《うまみ》が体中に広がった。一緒に注文したウニ丼も、甘く濃厚なウニがとてもうまかった。奥平はずっと頬を押さえ、んーんーとうなり続けていた。

文句なしの素晴らしい昼食だったのに、三浦は残念ながらなかなか料理に集中できなかった。服にスープをこぼし、ラーメンをすすった際は舌を噛《か》んだ。頭の中にずっと、先ほどのウミネコの鳴き声が反響していた。

「朝早くから付き合ってもらったからね。疲れちゃった?」

食事を終えて車に戻ると、奥平は表情を曇らせてすまなそうに言った。そうじゃないよ、と首を振り、しかし三浦は事態をうまく説明できなかった。ウミネコの鳴き声の意味が分かるかもしれない、なんてどうかしている。自分でも信じられないのに、人に説明することなんてできない。すると奥平はひそめていた眉を開き、あ、と明るい声を出した。

「そうだ! 近くに慎ちゃんが好きなパワースポットがあるよ! 蕪嶋《かぶしま》神社っていう場所でね、私もまだ行ったことがないんだけど、ウミネコがたくさんやってきて、商売繁盛の御利益があるんだって。ホテルが繁盛しますようにって意味でもいいんじゃないかな。そこで力をもらって帰ろう」

再び車に乗り、海岸沿いの道路を走り出す。目当ての神社がある蕪島は種差海岸の北部にある小島で、かつては完全な離島だったが、現在は埋め立て工事を経て陸続きになっているらしい。

島に近づくにつれて、周囲を飛ぶウミネコの数が増えていく。帰還を喜ぶ歌声も。

道の先に涼しげに輝く白亜の灯台を見つけ、三浦は思わず指を差した。

「あの灯台」

知ってる、と続く言葉を嚙み潰す。奥平は三浦の動揺に気づく様子もなく、上機嫌で頷いた。

「きれいだよねえ。鮫角《さめかど》灯台。『日本の灯台50選』に選ばれてるらしいよ。写真撮る?」

「いや、大丈夫」

――白く眩《まばゆ》い塔を通り過ぎたら。

目指す場所は、もうすぐだ。

蕪嶋神社近くの駐車場に車を停《と》め、外に出た三浦は薄曇りの空を乱舞する無数のウミネコたちを呆然《ぼうぜん》と見上げた。

この土地の、この海の、こんな天気の、こんな時刻の風が、どんな強さであの小さな鳥の体をなぶるか、知っている気がする。

神社は小高い丘の頂上にあった。神社へと続く石段の登り口には、鮮やかに赤い、堂々とした鳥居が建っていた。海と、鳥居。長い間、自分を揺らしてきた不思議な衝動が指し示す土地にやっと辿《たど》り着いた。神妙な気分で石段を登り、鳥居をくぐる。丘の斜面には一メートル四方に数羽という混み具合で何千羽ものウミネコが腰を下ろしており、丘全体が白い水玉模様で覆われていた。

神社の境内にもかなりの数のウミネコがとまっていた。石段の端、石仏の頭頂部、芝生や賽銭箱《さいせんばこ》の陰、ありとあらゆる場所でくつろいでいる。うっかり踏まないよう気をつけなければならないくらいだ。

予想外の鳥の密度に、奥平はずっと「信じられない」を連呼していた。

「ウミネコの繁殖地ってこと？　え、すごい！　ドキュメンタリー番組で、ものすごい断崖絶壁にたくさんとまってるのは見たことあるけど、こんな風に人間が出入りするエリアを繁殖地に選ぶことがあるんだ」

境内にはかなりの数の参拝客がいた。ウミネコのフンをよけるためか、傘を差している人も多い。参拝を済ませた後は、思い思いの場所でスマホやカメラを構えて写真を撮っている。

向かい合って会話をしているようにも見える二羽のウミネコが描かれた手水舎《ちょうずや》で手を清め、社殿へ足を進めた。まるで新品のように綺麗な建物だった。賽銭箱に小銭を入れ、二人並んで慎重に二礼二拍手一礼をする。

ＳＮＳに掲載する動画を撮影したいと言い、奥平はスマホを構えて熱心に敷地内の探索に出かけた。三浦は社殿の近くに残り、周囲のウミネコたちを眺めた。

いい場所から順に埋まっている、とまず思う。しっかりと空間が確保できて、平坦《へいたん》で風通しのいい、出入りがスムーズな場所。今も狭い道ではウミネコに触れないよう注意が必要なくらいの混み具合だが、これからもっと増える気がする。

――だって、もっと多かったはずだ。

乳飲《ちの》み子《ご》の頃に瞳に映していた景色ぐらい、遠くおぼろげな風景が三浦の中で立ち上がる。

島中がぎっしりとなわばりで覆われ、身動きがとれないくらいだった。少しでもはみ出したら喧嘩《けんか》が始まる。威嚇され、突かれる。喧嘩は激しい。親鳥のなわばりから迷い出た雛《ひな》は、多くがよその親鳥に頭を突かれて死ぬ。育てることも育つことも難しい。とはいえ、つがいだけで群れから離れて子育てなんてしたら、あっという間に猫や狐《きつね》に殺される。だから、群れに属しつつ良質ななわばりを確保することは、繁殖を成功させる上で重要な要素だった。

――いつも来るのが遅かったから、いい場所なんてとれたことがない。＊＊に踏まれるすれすれの、危うい位置に辛うじて巣を作った。何度も雛が死んだ。ろくに巣が作れず、こそこそと他の巣に近づいて卵を託したこともあった。

社殿の裏へと続く小道の手すりにとまっていたウミネコが顔をもたげ、＊＊、と鳴いた。移動する樹木、移動する樹木が来るぞ、と仲間に知らせている。この＊＊という鳴き声は、神社のあちこちから聞こえた。＊＊。ウミネコたちが「移動する樹木」と呼ぶ対象は、ファンタジー世界の不思議な生き物でも、まだ見ぬ未知の植物でもなんでもなく、ただの「人間」のことだった。

ウミネコたちの鳴き声に続いて小道から顔を出したのは、高齢男性の二人組だった。片方は痩《や》せ気味で、黒のコートに鮮やかな芥子色《からしいろ》のニットを合わせ、ハンチングハットを被《かぶ》っている。小脇に厚めのスケッチブックを挟んでいて、まるで気難しい画家のように見える。もう一方は恰幅《かっぷく》がよく、深紫色のニット帽と赤のマウンテンパーカーがスポーティな印象を醸し出している。こちらは剃《そ》り上げているのかニット帽の周囲に髪が見えず、顔周りがゆで卵みたいに艶やかで、三浦は漠然とハンプティ・ダンプティを連想した。

ふいに画家は足を止め、近くの石碑にとまっていたウミネコの顔をのぞき込んだ。ハンプティ・ダンプティは面白そうにそんな画家の仕草を眺め、口を開く。

「どした？　なんだまた顔見知りかい？」

画家は少し首を傾げ、スケッチブックの内容を確認し、もう一度首を傾げた。

「いんや、似てると思ったんだけんど違うな。こいつァ若鳥だ。見たことねえツラだし、きっと去年まではよその海さいたんだべ。雛っこが巣立ったあと、大人さなってこの島に帰ってくるまで、四年はかかるからなぁ」

「そったらごと、よく分かるな」

「なんも、人間とおんなじで、一羽一羽ぜんぜん顔つきが違うっきゃ」

「だすけ、そったらことが分かんのはノンちゃんだけだって」

ハンプティ・ダンプティの突っ込みにかまわず、画家はコートのポケットから鉛筆を取り出し、スケッチブックの空いたページに写生を始めた。目の前の若鳥の姿を描きとめている。

「おめぇ、肝のすわってそうないい面っこだな。めんこい嫁さんみつけて、かわいい雛っこに会えるといいな！」

まるで友人にするように若鳥に呼びかけ、画家はその場を離れた。ハンプティ・ダンプティは社殿の前で画家を待っていた。連れが近づくのを待って話しかける。

「火事さなったときはどやしたもんかと思ったけど、立派に再建されて本当にいがったな」

「んだな。いっつも来てたとこがねくなって、こいつらもやだら落ち着かねえ様子だったし」

「まんずノンちゃんは、本当にウミネコのことばっかしだな！」

呆《あき》れ顔のハンプティ・ダンプティが先行し、彼らは境内の出口へ歩き出す。

すれ違いざま、ノンちゃんと呼ばれた画家がちらりと三浦の方を向いた。まなざしが重なり、三浦はどきりと胸が高鳴った。

画家の瞳は濃い墨色で、日差しのせいか、内部にまるで砂金を数粒散らしたような淡い輝きが見えた。いつだっただろう。こんな風に光るものを、見た覚えがある。

ふいに＊＊、と呼びかけたくなって喉を開く。しかし発声の仕方がわからず、息を吸いすぎて咳《せ》き込んだ。画家は驚いた顔をして、三浦の背を叩《たた》いた。

「兄ちゃん、どやした？　大丈夫か？」

「は、はい」

「なんか飲むもん持ってらが？　水ばやるか？」

「いえ、大丈夫です。すみません」

具合を確認するように三浦の目を覗《のぞ》き、わずかに首を傾げ、画家はハンプティ・ダンプティとともに境内を去った。

風が吹いた。周囲のウミネコが空を見上げ、一斉にかしましく鳴き始める。移動する樹木が多い。もうすぐ海が荒れるから、土の食べものを取りに行こう。それ以上は近づくな。ふもとに忍び寄る牙がいた。つがいになろうよ。ああ、夜が来るのが怖い――。

「慎ちゃんお待たせ！　いい動画撮れたよー」

渦巻く鳴き声の向こう側から、奥平の明るい声が届く。

今、自分の姿が、人じゃなくなっていたらどうしよう。

淡い恐れを振り払い、三浦は彼女の姿を探した。


その日の帰りの新幹線でうたた寝をして、夢が始まった。

起きて覚めても、再び寝入ったときに続きが始まる長い夢だ。その夢の大半で、自分は群青色《ぐんじょういろ》の海の上を飛んでいた。

群れの最後尾に辛《かろ》うじてついて行く、鈍くさいウミネコだった。喧嘩に勝てず、食糧や寝床探しに時間がかかり、その上、群れが飛び立つ雰囲気みたいなものを読み取るのが下手だった。大抵の繁殖地に出遅れて、まともななわばりを確保できず雛をなんども死なせた。方向音痴で、よく群れとはぐれ、あちこちの群れをつつかれながら渡り歩いた。

空は辛《つら》かったが、陸も辛かった。生きることに疲れていた。

だけど、奇妙なものに会った。

――おめぇ、賽銭箱の真ん前さ巣作ってどやする。踏み潰されっちまうぞ。

細やかに光り、目が離せない、見るたびに少し体が軽くなる、とてもとても奇妙な。

――やだらおっとりしてるんだな。ウミネコにもいろんなやつがいるもんだ。

信じがたいことに、＊＊の瞳は星を散らしたような喜びで輝いていた。関心を向けられ、それなのに攻撃も求愛もされない、という未知の体験だった。

空はこんなに広いのに、海もこんなに広いのに、この場にだって数万もの鳥がいるのに、なぜかその＊＊が足をとめ、体を向けて呼びかけたのは自分だった。

次の日も、その次の日も、輝く瞳は繰り返しこちらをのぞき込んだ。

空が辛いことも陸が辛いことも変わらなかったけれど、それを見る時間は、よかった。

――まんずすごいな、こったら狭え場所でよく育てきった！　えれえぞ、えれえぞ！

大したもんだ！

＊＊なんて、攻撃こそあまりしてこないけれど、よく動くのでぶつかると危ない、厄介な生き物だとしか思っていなかった。それなのにいつしか、その＊＊と他の＊＊を、区別して考えるようになった。

永遠のような海も、荒れ地のような陸も、越えていけばあの瞳に会える。喜んでもらえる。生きていることを、褒めてもらえる。そう思いながら飛ぶのは、よかった。

――来年も無事に雛っこと戻ってこいよ。待ってるからな。

最後の年も、帰ろうとしていた。途中で海に落ちた理由はわからない。白く輝く塔の手前で、急激に体の具合が悪くなった。

あと少しで、また会えた。あとほんの少し早く発《た》てばよかった。＊＊は、今年も同じ場所にいるだろう。

生きるのが下手なウミネコの夢を見終えた三浦は、奇妙な既視感を感じていた。

海鳥と人間とで、一生涯の体感はもちろんまったく異なる。しかし、あのウミネコが感じたもどかしさには覚えがあった。飛び立つタイミングがわからない。だからいつも出遅れる。一羽では行くべき方向を判断できないし、遠出をするのが漠然と恐ろしい。

群れの中で生きることがけっして得意ではないのに、群れから離れられない。三浦がこのもどかしさにそれほど直面せずに生きてこられたのは、人生の早い時期に奥平と会えたことが大きい。

あのウミネコは、過去の自分なのではないだろうか。

自分にとっての奥平のような大切な相手が、ウミネコにとっては目に輝きを宿した＊＊——恐らくは、あのノンちゃんと呼ばれている男性だった。しかし最期の移動で、ウミネコは＊＊との待ち合わせ場所を目前にして力尽きた。

ノンちゃんと呼ばれていた男性に、もう一度会おう。会って、なんらかの礼を伝えよう。そうすればきっと、この肉体にもぐり込んだ小さな悔いを晴らすことができる。函館に戻って数日後には、三浦はそんな決意を固めていた。

しかし実際に再び八戸を訪ねるまで、二年を超える歳月が必要になった。

四月に入って早々に、新型コロナウィルス感染症に関する報道がきな臭さを増し、中旬には北海道のみならず全国に緊急事態宣言が発令された。県境を越える人の移動は制限され、マスクと消毒液があっという間にドラッグストアから姿を消した。

緊急事態宣言が解除された後も、不要不急の遠出は自粛するべきという空気が生じ、伸び伸びと旅行に出られる雰囲気ではなかった。感染症を広げた、あるいはその危険性がある軽率な行動をしたと見なされた人はバッシングを受けた。

いつ失敗して吊《つ》るし上げられるかわからない、緊張度の高い状況が続いた。それは自衛隊も同じで、奥平も職場から無闇な外出や普段顔を合わせない相手との飲食を自重してほしいと通達があったようだ。

感染者数は増加と減少を繰り返し、道内では三度、緊急事態宣言が出された。今なら遠出がしやすい、と思うタイミングは幾度かあった。しかし、そういうときに限って仕事が忙しかったり、用事が重なっていたりと状況が整わなかった。――心のどこかに、本当に出かけていいのか、出先で感染して周囲に迷惑をかけることになるんじゃないか、誰もマスクを外していないということは絶対に安全というわけではないのだろう、と臆する気持ちがなかったと言えば嘘《うそ》になる。大丈夫だよ、と誰かに背中を押されたかった。しかしそんな誰かはいなかった。

窒息しそうな閉塞感とともに、二年はあっという間に過ぎた。


待ち合わせをした本八戸駅前の公園で昼食を終え、三浦と同じベンチに座り直した奥平は、しばらくの間、恋人の肩に頭を預けて沈黙していた。腕を絡め、てのひらを重ね、なるべく体が触れる面積を増やしてじっとしている。三浦は彼女の気が済むまでそのままでいようと、紅葉を散らす木々と色の薄い空を交互に眺めていた。しゃべらずに寄り添い、同じ空間を味わう。それは電話やネット回線越しの交流では得られなかった、ただただ贅《ぜい》沢《たく》な時間だった。

「今回は、本当に参ったよ」

ぽつりと、張りつめた風船から空気を抜くように奥平が呟いた。

「これまでは適当に受け流せたのにさ、またいつ同じような感染症が流行《はや》るかも分からないんだよ、大変なときこそ一緒にいなくてどうするの、死に目にも会わないつもり？　って母さんの文句に、なにも言い返せなかった」

三浦は奥平の頭を撫《な》でた。奥平は目を閉じたまま、てのひらに額をこすりつけてくる。

「母さんがオーバーなのはいつものことだけど、私も少し思っちゃったんだよね。会えないと辛いなって。私は、一人ではがんばれないいんだなって」

「一人でがんばれる人なんてそういないし、そんな人を基準にしたら体を壊すよ」

「でも、本当に遠くに行く人って、そんな感じじゃない。自分の決断に迷いを持たない、強い人。私みたいに中途半端じゃないんだ」

奥平は里心がついた自分を恥じているようだった。三浦は彼女の頭に自分の頬を寄せた。

「本当に遠くに行く人」ってなんだろう。奥平は当たり前のように口にするけれど、三浦にはうまくイメージできない。それが自分にとってのウミネコの夢のように、彼女を突き動かす衝動なのだろう。叶えばうれしく、諦めればさびしい、そんな。

彼女の髪から体温が伝わり、頬が温かい。

「拓ちゃんは、今も遠くに行きたいの」

答えはなかなか返らなかった。枝から離れたイチョウの葉が、風に流されてくるりくるりと回転しながら地面に落ちる。それを幾度か目で追ってやっと、奥平は口を開いた。

「分からない。ただ、今は辛いのかも」

かつての彼女なら考えられないほど弱気な声を聞き、三浦は胸が塞がるのを感じた。もっと早くに彼女を訪ねればよかった。様々に理由をつけて訪問を延期するうちに、奥平の中のきらりと輝く勇敢さに傷を負わせてしまった。規律の厳しい組織に属していること、さらに、実家と未《いま》だに折り合いがついていないことから、奥平が函館に来るのは難しいと初めから分かっていたのに。

奥平は眉をひそめ、申し訳なさそうに両手を合わせた。

「ごめんね。せっかく来てもらったのに、めそめそしてばかりだ」

「いいんだ」

「いい天気だし、どこか行こうよ！　車持ってきてる」

沈んだ空気を切り替えようと笑顔を見せた彼女に頷き、三浦は空になったタッパーやゴミを片付けた。連れだって公園の近くの駐車場に向かい、奥平の愛車に乗り込む。

行きたいところ、と聞かれてまず浮かんだ場所の名称を告げると、奥平は意外そうに目を丸くした。

「シーズンが終わって、今はもうウミネコいないと思うよ？」

「うん、でも、行ってみたい。いいところだったから」

「慎ちゃんほんとパワースポット好きだよねえ」

不思議そうに、しかし改めて興味を引かれた様子で、奥平は三浦の目を覗いた。三浦は奥平の目を見返した。彼女の瞳は色合いがとても濃い黒色だ。長く見つめているとどこかへ吸い込まれそうな気持ちになる。吸い込まれた先でもきっと風が吹いていて、確かな地面がありそうだと感じさせる落ち着いた色だ。温かい黒色。


爽やかな秋風が吹く蕪嶋神社に、ウミネコたちの姿はなかった。参拝客の数もそう多くなく、辺りはのどかな空気に包まれている。

「こんなところに八戸小唄の石碑がある」

朱色の鳥居をくぐって間もなく、石段の右手に目立つ石碑を見つけ、三浦は足を止めた。

二年前に来たときには過密な鳥たちの姿に圧倒され、神社そのものに目を配る余裕がなくて気づかなかった。

「八戸駅で流れたメロディーって八戸小唄なのかな」

「あ、たしかそうだよ」

「拓ちゃんこれ歌える？」

「いやー、誰かの鼻歌では聞いたことあるけど、ちゃんとは覚えてない」

三浦は白く彫られた石碑の文字に目を凝らした。【唄に夜明けた　かもめの港】という一説に首を傾げる。

「歌われてるのはカモメなんだね。ウミネコじゃなくて」

「なんかね、地元のかなり年配の人は、ウミネコのことカモメって呼んだり、ゴメって呼んだりするんだ。この辺にはオオセグロカモメってカモメもいるし、全部まとめてカモメ扱いしてるのかも」

「カモメとウミネコってどう違うんだろう」

「カモメは冬になったら他の国からやってくる渡り鳥で、ウミネコは基本的に日本の沿岸に通年でいる留鳥《りゅうちょう》なんだって。どっちもカモメ科の仲間って意味では同じみたい」

「詳しいなあ」

「他県から来たお客さんをここに案内すると、ほぼ百パーセント聞かれることだからね！」

奥平は得意げに胸を張る。笑いながら並んで石段を登った。

ウミネコたちがいないと、境内は三割ぐらい広くなったように感じられた。シーズン中に比べて少ないとはいえ、有名な観光地なだけあって一組、また一組と参拝客は途絶えることなく石段を登ってやってくる。三浦は境内を見回しつつ、落ち着かない心地で画家とハンプティ・ダンプティの姿を探した。二人は見当たらない。やはりふらりと訪れて会おうとするのは無理があったか。手の空いてそうなタイミングで神社の関係者を呼び止め、二人のことを聞いてみようか。

ウミネコが描かれた手水舎で手を洗い、社殿に向かおうとした三浦を、奥平が呼び止めた。

「そういえば、前に来たときには、慎ちゃんあれやってなかったでしょう。一緒にやらない？」

あれ、と言いながら指さされた先には、蕪とひょうたんのイラストが描かれた看板がかけられていた。

【運開きめぐり

島を3周まわり　参拝すると
心身が祓《はら》い清められ
運が開けるといわれております。】

「こんなのあったんだ！　気づかなかったな」

「通い慣れた人からすれば、ウミネコが両側にたくさんいる小道を、傘を差して三周するのが醍醐味《だいごみ》みたいよ」

「傘って、フン対策の？」

「そうそう。でももしウンチに当たっちゃっても、神社の人にそれを伝えればウンチと運をかけた『会運証明書』を発行してもらえるんだって」

「当ててもらえばよかったな」

島の周囲を巡る散策路からは、神社のふもとの海浜公園と砂浜、鈍い色合いで光る秋の海が一望できた。

沿岸の岩場を見下ろし、三浦はかすかな既視感を得た。ずらりと並んだ岩の形に見覚えがある。漠然と安らかな気持ちになるのは、その突端で羽を休めたことがあったからかもしれない。風が気持ちよく、餌場と巣の往復で疲弊した親鳥たちにとって格好の休憩所だった。通勤途中の駅のベンチみたいな感覚だったのに、散策路の看板では【七福の岩】なんて仰々しい紹介がされていて、なんだか可笑《おか》しい。岩の数は七つあり、それぞれ七福神が宿ると言われているらしい。何千回もこの付近を飛んでいたのに、岩の数なんて気にしたこともなかった。

景色を楽しみながらゆっくりと島を三周した。参拝を行い、ウミネコの生態に関する展示物に少し気を惹かれて足を止め、再び社殿に目を向けた三浦は、その姿勢のまま動けなくなった。

賽銭箱の前で、男が手を合わせている。恰幅のいい体つき。ゆで卵を思わせる肌つや。今日はニット帽ではなくブルーのキャップを被っている。それでも、見間違えるわけがない。ハンプティ・ダンプティだ。

興奮で鼓動が速くなる。まさか、本当に見つけられるなんて。生唾を飲み込み、彼の参拝が終わるのを待って、三浦は慎重に声をかけた。

「あ、のっ！　すみません。俺、二年前にここに旅行に来たとき、あなたと、お連れのスケッチブックを持っていた男性にお会いして、それで……えっと、お連れの方にすごく親切に声をかけてもらったのに、緊張してろくにお礼も言えなかったんです。急ですみません、よければその方に挨拶したいんですけど、今日、こちらにいらしてますか？」

緊張で舌が回らない。多少おかしなことを言ったかもしれない。ハンプティ・ダンプティは鳩《はと》が豆鉄砲を食ったような顔をしている。あ、だめだ。やっぱり突然すぎて、話が通じていない。

「あの、たしか、あなたがノンちゃんって呼んでいたお友達の方を、探していて……」

「ア！　あーあー、ノンちゃん！　なんだ兄ちゃん、ノンちゃんば探してんのか。えええ？」

ハンプティ・ダンプティは戸惑いをあらわに顔をしかめた。

「ノンちゃんだば一昨年の暮れさ亡くなったよ。身寄りがねくてな、俺《わ》が喪主をやったんだ」

おめぇ、と呼びかける快活な声が三浦の耳に蘇《よみがえ》る。

——えれえぞえれえぞ、大したもんだ！　雛っこと戻ってこいよ！　待ってるからな！

あの人は、本当に長い間、待っていてくれたのに。

俺は生まれ変わっても方向音痴で、鈍くさくて、日本のあちこちをうろついた挙げ句、礼の一言も間に合わなかった。

「どやしたんだ、兄ちゃん。ちょっと……ああ、ああ」

目の前が歪《ゆが》み、ぼろぼろと砕ける。自分でも驚くほどの大粒の涙が三浦の目からあふれでた。ハンプティ・ダンプティが背中に触れる。驚いた顔をした奥平が駆け寄ってくる。それでも三浦は泣き続けた。

「彼氏さん、いつもこった風に涙もろいの？」

「いや……むしろ普段はポーカーフェイスというか、落ち着いた感じなんですけど」

蕪嶋神社ふもとの休憩所前のベンチに座り、丸めたティッシュで涙を拭いながら、三浦は強烈な照れくささで顔を上げられずにいた。

隣に座ったハンプティ・ダンプティと奥平は、困惑気味に話し込んでいる。ああ、お姉さんは市川町《いちかわまち》の駐屯地の！　そりゃあお疲れさんだ。俺も前に、親戚の子供たちを連れて駐屯地の盆踊り大会にお邪魔したことがあるよ。二人の会話を聞く限り、ハンプティ・ダンプティは福田《ふくだ》という名で、近所で理容店を営んでいるようだ。

「おお、兄ちゃん落ち着いたか」

「すみません……」

「だすけよ。なーんで兄ちゃんが泣くんだって驚いちまった。そっだら泣いてまうくらいノンちゃんに親切にされたんだが？」

「はい」

「へえええ……まあ、ノンちゃんならそったらこともあるかな……？　でも、へええ」

福田は癖なのか、ぴたぴたと自分の頬を叩きながら首を傾げ、それから「ノンちゃん」について教えてくれた。福田の理容店と同じ商店街で、喫茶店を営んでいたこと。野中《のなか》という名字を縮めて、仲間内では「ノンちゃん」と呼ばれていたこと。提供するコーヒーやケーキが美味《うま》いので喫茶店そのものは繁盛していたが、野中本人はそれほど接客が得意ではなかったこと。気難しいとか内向的だとかそういった理由ではなく、むしろ逆で、そばにいる他人に気を遣いすぎて消耗してしまう性格だったという。

「結婚もうまくいかねくてな。俺《わ》はカウンター越しに人間と関わるのがちょうどいいあんばいだすけ、なんてうそぶいてたんだけども」

野中にとっての転機が訪れたのは、四十年ほど前の夏だった。

ある日、福田が涼を取ろうと野中の店を訪ねると、コーヒーフロートを差し出す旧友は見たことがないほど明るく機嫌のいい顔をしていた。

「俺《わ》より生き方が下手なウミネコがいた！　ってまんずうれしそうでさ。賽銭箱の前さ巣を作ったんだったか？　どこさでもいるよな、そういうわんつか変なやつ。それで、そのウミネコを自分の子供みでくに心配して、毎日神社さ通ってたんだ。そのうち境内さいるウミネコの顔はだいたい覚えたなんて言い出してさ。どんどん変わったじじっちゃさなっていった」

茶化す物言いをしながらも、福田の顔には旧友への親しみが微笑となって浮かんでいる。

「その年はたしか駄目でねがったのかな。ウミネコの子育てって結構過酷なんだとな。卵ば産んでも孵《かえ》らねかったり、孵ったとしても育たねかったり、育ちきる前に殺されて死んでまったり。たしか会ってから二年目か三年目に、その子供みでぐに思ってらウミネコが雛を巣立ちさせたときはもんのすごがったよ。普段は酒ば飲まないのに、焼酎の瓶空っぽにして泣いまって。そったら感じですっかりウミネコ観察が趣味さなって、毎年やってくるやつらをチェックして、顔見知りには挨拶して、新入りはスケッチしてって、やだら楽しそうにやってたっけ」

「その、お子さんみたいに思っていたウミネコはどうなったんですか？　というか、ウミネコの寿命ってどのくらいなんでしょう」

話を聞いていた奥平が口を挟むと、福田はなにかを思い出すように宙を見つめた。

「たしか……ああそうだ、ノンちゃんが言ってたな、なんぼがんばって顔ば覚えても、見送ったウミネコの三割は島さ帰ってこないって。んだども、十年くらいは毎年会いに来てけだんじゃないかな。賽銭箱の前に巣を作るほど喧嘩の弱いおっちょこちょいが、三割の死の確率を乗り越えてなんども会いに来たって、うれしがってらったよ。ウミネコの寿命は、今のところ二十年くらいは観察されてるんでねかったかな。そったに俺《わ》も詳しくねえけど」

「ありがとうございます」

「まあそったら感じで……身寄りがねえっつっても商店街の仲間はいるし、変な趣味もあるしで、最期まで楽しそうなじっちゃだったよ」

懐かしむように目を細め、福田は眩《まぶ》しげに蕪嶋神社を見上げた。

いつしか日は傾き、薄雲を透かしたクリーミーな橙色《だいだいいろ》が空いっぱいに広がっている。三浦も奥平も、思わずその景色に見惚《みと》れた。

短い沈黙を経て、「そういえば」と福田が思い出したように呟いた。

「結局ノンちゃんはどったら奴《やつ》だったかっつうと、極端に目が良かった奴、ってことになるのかもしれねぇな。自分の店のカウンターさ収まっているときも、あの卓は揉めてるとか、あの卓はちょっと変だとか、やだら目端が利くんだよ。初対面の客でも、ぱっと見ただけで、どったら性格でどったら来歴なのか、だいたい当てちまう。しかも、なんも顔を見なくてもいい、後ろ姿でも体の動かし方でわかるんだと。ありゃあ、なにを見てらったんだべ。ウミネコ一羽一羽の顔が分かるなんて、俺《わ》は話半分で聞いてたけど、案外ホラじゃなかったのかもなあ」

年食うとだんだん、ホラだろうがなんだろうが、どーでもよくなっちまうからなあ、と自嘲混じりにぼやき、福田は膝に手を当てて立ち上がった。

「俺《わ》が話せるのはこのくらいだ。いいかい、お兄ちゃん」

「はい。野中さんのこと、たくさん聞かせてくれてありがとうございました」

「なんもなんも、俺《わ》も友達のことを話せてうれしかったよ。故人について賑やかに話すのが一番の供養だって言うっきゃな。きっとノンちゃんもあちらで喜んでら。へば、観光楽しんでな」

福田はゆったりとした足取りで駐車場の方向へ遠ざかっていった。美しいけれども影の深い、黄昏《たそがれ》時の視界の悪さから、すぐに姿が見えなくなる。

「ウミネコのおじいさん、会えなくて残念だったね。知らなかったよ。前に来たときに、そんな縁ができていたなんて」

気づかいが混ざった奥平の言葉に、三浦は静かに頷いた。

「早く来なきゃいけなかったのに、間に合わなかった。俺はこんなことばっかりなんだ」

あまり意識せずにしゃべり出したものの、思いがけず発言が心苦しさの核心に触れ、三浦は眉をひそめた。また泣いてしまいそうで、いやだ。

「もっと要領と思い切りがよければ、拓ちゃんのことだって二年も待たせずに済んだ。拓ちゃんに辛い思いをさせたし、俺もさみしかった。なのに、さみしさだけじゃ行動を起こしていい理由にはならない、みたいに頭のどこかで思ってた。みんなが行動してやっと、俺もやっていいんだ、みたいな」

「ああ、たしかに慎ちゃんはそういう、安全第一みたいなところあるよね」

「うん」

「それはそれで悪いことではないと思うけど」

「でも、大切なことに間に合わなくなる」

「間に合わなくなる……」

口の中でぎこちなく言葉を転がし、奥平はわずかに首を傾げた。

「少なくとも、二年会えなかったのは私のせいでもあるよ。地元は戻りにくいけどさ、新青森で落ち合って遊ぼうとか、誘うことはできたんだから」

そこで奥平は考えをまとめるように一度言葉を切り、夕暮れの空を見上げた。うん、と唐突にうなずき、あっけらかんとした口調で続ける。

「これからはそうすると思う。慎ちゃんが想像以上に安全第一の人だって、ちゃんと分かったからね」

「あ、ありがとう」

なにかを許された気がして、三浦は妙なむずがゆさとともに礼を言った。奥平はなぜか首を横に振った。

「野中さんはご高齢だったから難しかったのかもしれないけど、それでも、慎ちゃんと本当に馬が合う人や、相性のいい人との関係は、きっと間に合うようになっていくんだと思うよ。あの、野中さんと福田さんの、お互いの性格や癖が分かっている大人の友人関係みたいな感じで。慎ちゃんが腰を上げるのが遅くても、相手の方から誘ってくれたり、会いに来てくれたりさ」

「そこまで相手に甘えるのは申し訳ない気がする」

「でも、そういう補い合いみたいな要素あるじゃん。相性とか、縁って」

三浦は隣で機嫌よく微笑《ほほえ》む奥平を見つめた。

こんなにもそばにいて安心するかっこいい人は、いったいどこから来たんだろう。自分がウミネコだった頃、彼女はどんな景色を目に映し、なにを感じて生きていたんだろう。

ここを離れたら、次に奥平と会えるのはいつになるのか。

「拓ちゃん、あのさ」

「うん」

「俺は……」

かつてウミネコだった、とは荒唐無稽すぎてちょっと説明しにくい。けれどこの西日のように明らかで、目をそらせないことがある。

「俺はさっきも言ったけど、鈍くさくて、選ぶのが下手で、だから……今回の外出自粛は、すごくよくなかった。こうするべき、みたいな雰囲気が強まると、俺はめちゃくちゃ流される。だから、やっぱり拓ちゃんのそばにいた方がいい気がして……」

だから、と続けようとして、息を吸い込んだ。少し勇気が必要だった。口に出したら、色んな物事を変えていかなければならない。

踏ん切ろう、と腹を決めるよりも先に、奥平の方が口を開いた。

「慎ちゃんも、私は地元に戻るべきだって思う？」

「えっ、違う！　違います！　そっちじゃなくて……むしろ俺がこっちに来た方がいいっていうか……いくつか資格を取って、なるべくホテル業界で働きやすい準備を整えて、これからの拓ちゃんの転勤についていく態勢を作っていくのがいいかなって、思ったんだけど」

肋骨に鈍い痛みが走り、三浦の告白は中断された。

頭突きをする勢いで胸元に飛び込んできた奥平に骨が軋《きし》むほど強く抱きしめられ、呼吸が苦しいくらいだった。

「ぜったいに幸せにする。素敵な場所に連れて行くから！　私を信じてくれて、ありがとう」

まるで小さな子供のように、ほろほろと涙をあふれさせた彼女の背に慎重に腕を回し、三浦はふうっと大きく安堵《あんど》の息を吐いた。

八戸駅に帰り着いたのは、午後五時半過ぎだった。予約した函館方面の新幹線の発車時間まで、あと三十分ほど時間の余裕がある。三浦は自販機のコーヒーを買い、新幹線改札内の待合室で一息ついた。

そうだ、せっかく八戸まで来たのだし、家族と職場に土産を買って帰ろう。

周囲を見回すと、キオスクがあった。三浦のように帰り際に土産の必要性を思い出す人も多いのか、商品を手にした客が列を成している。

会計待ちの列をよけ、三浦は店内に入った。八戸名物のウニとアワビを使った贅沢な汁物であるいちご煮は、母親の好物だ。缶詰を買って帰れば、海の旨味が詰まった炊き込みごはんを作ってもらえる。職場用には八戸港で水揚げされたイカをのしいかにしてチーズを挟んだ商品を選んだ。定番の土産で、過去に他のスタッフが差し入れしてくれたものを食べたことがある。イカに弾力があり、噛めば噛むほど味が出て、休憩時間の眠気覚ましにちょうどよかった。しょっぱいものだけでなく甘い物もあった方がいいか。南部せんべいのチョコがけなんて初めて見た。商品かごを持ち、気になった商品を次から次へと放り込む。

とん、と足にかかった軽い衝撃に、初めは関心を払わなかった。

ただでさえ商品を探す客と会計を待っている客とで混み合っている場所だ。誰かの荷物が少し当たっただけだろうと、意識すらせず近くの棚の商品を見続けた。しかし、なぜかその物体は弱い力で足を押し続け、離れない。

怪訝《けげん》に思って目を落とすと、小さな男の子が三浦の足にしがみついていた。まだ本当に幼い。子供と接する機会がない三浦はあまり年齢のイメージが湧かなかったが、ぜったいに小学校にはまだ入っていないだろうし、手足が小さくて立ち姿が危なっかしい。頬が熟れた桃みたいにぷくんとふくらんでいる。ぬいぐるみ一匹ぐらいしか入らなさそうなリュックサックには、どこかで見たことのある、納豆をモチーフにしたマスコットキャラクターのキーホルダーがついていた。茨城から来たのだろうか。

突然のことに頭が白くなるのを感じつつ、三浦は反射的に仕事で培った笑顔を浮かべ、男の子に声をかけた。

「どうしたの。親御さんは？」

男の子は、視線で穴でも開けそうな熱心さで三浦を見つめたまま、離れない。やがて、改札の方向から焦りの混ざった悲鳴が響いてきた。

「やだ、うそっ……待って待って待って、望《のぞみ》がいない！　どこ行ったの！　のぞっ……ノーン！　ノンどこー！」

三浦は呆然と男の子を見つめた。

ああ、なんてことだ。ウミネコが乱舞する神社の運開きはてきめんらしい。

男の子の濡《ぬ》れたような黒い瞳に、砂金を思わせる喜びの光が数粒、ちかりちかりとまたたいた。

あたたかな地層

空から降ってくるものが好きだ。

なめらかに光る桜吹雪。ひらめく紅葉。音のない雪。透明な針に似た真夏の日差し。あまりに空ばかり見て暮らしているものだから、「あんたはそのうち足を踏み外して沢に落ちる」と母親に何度も叱られた。

隣村に嫁ぎ、自分が母親になってからも、四季折々の景色に見とれる癖は直らなかった。自分からすれば、なぜ多くの人がこの景色を当たり前のものとして素通りできるのか、わからない。目に映る世界いっぱいに、美しいものが動いている。絶え間なく生じ、流れ、降り積もり、いつのまにやら消えていく。風向きが少し変わればちっぽけな人の体などたやすく呑《の》み込んでしまいそうな、壮大で不可思議な自然のありように圧倒された。

山際の畑で、仕事をしているときだった。背中には赤ん坊を背負っていた。一番上の子供はすでに大きく、収穫した根菜を束ねるのを手伝ってくれていた。まだ足取りが覚束《おぼつか》ない二番目の子供だけ、畝《うね》の周りでもぐらの穴をほじっていた。

「山の方へは行くんじゃないよ」

手足を泥だらけにして遊ぶ子供の背中へ呼びかける。それはこの村の合言葉のようなものだ。大人でも時々、山から戻らない者がいる。複数人でなんらかの用を足しに山へ入ると、戻るときには一人欠けている。木こりや炭焼き、猟師ですら、この辺りの山は気味が悪いと少し離れた山へ向かう。山仕事をしている者たちによると、迷いやすくて危険の多い、不吉な山なのだそうだ。

それでも、よく日が当たる山裾の林はまだ山菜採りや茸狩《きのこが》りがしやすく、村人が出入りする領域だった。藪《やぶ》が払われた、見通しのいい雑木林だ。今はすっかり紅葉して、枝葉も地面も燃えるように赤い。

晩秋の一日が終わろうとしていた。山の稜線《りょうせん》が茜色《あかねいろ》に染まっている。もう家に帰ろう、と子供らへ呼びかけようとしたその瞬間、奥底に冬の寒気を忍ばせた強い風が吹いた。木々が重たげに頭を振る。西日を受けて輝く唐紅《からくれない》と黄金《おうごん》の葉が、樹間の薄闇を埋めるようにざらざらと惜しみなく降った。絢爛《けんらん》たる景色に、思わず目を奪われる。

二番目の子供がうれしそうに両手を伸ばして雑木林へ歩き出したことに、数拍のあいだ気づかなかった。視界の端でそれを捉えてなお、自分も後に続いてきれいな楓《かえで》の葉でも拾おうと、のんきに畝をまたいで近づいた。

錦のごとく鮮やかな世界の暗がりから、丸太のように太い生き物の腕がぬっと伸びて子供の体をつかむまで、まばたきほどの時間もかからなかった。

悲鳴はなかった。次のまばたきを終えたときにはもう、子供の姿は消えていた。

なにも考えられなかった。いない、と遅れて理解が及び、全身の毛が逆立った。畝を踏み、まろぶようにして林へ走る。顔色を失った上の子供とともに、喉が嗄《か》れるまで名を呼んだ。

見通しのいい林には薄い闇が漂うばかりで、生き物の姿はどこにもなかった。日が落ちる。夢幻のように美しい紅葉が、影に覆われ見えなくなる。

村に戻って助けを求めた。鬼が里まで下りてきている、と大変な騒ぎになった。鬼。山には鬼が出るなんて、子供の躾《しつけ》に使われるお伽噺《とぎばなし》ではなかったのか？

嫁いで以降、初めて知った。この村は山に棲《す》む鬼とともに暮らす村だった。子供を探して山狩りをするなどもってのほか、まずは刺激せずに山中へ追い返すことが肝心だと村の重役たちに説得された。この村で育った夫も、粛々と彼らの決定に従った。

次の日には神職と供物を担いだ男たちが山へ入り、私は当面の間、家から出ることを禁じられた。

さらわれた子供は戻らなかった。

錦の衣を失った黒い裸木を、綿のような雪が覆っていく。年明け、新しい女が村に嫁いできた。女たちで集まって炉端で縫い物をしている最中、話題が近隣の鬼に及ぶと、来たばかりの女は鬼なんてこの世にいるわけがない、と無邪気に笑った。挙動のおかしな熊や、たちの悪い山賊がそう扱われているだけだろう、と。

私を含めた他の女たちは曖昧に笑って針を動かし続けた。言葉では伝わらないことがある。そして、おそらく私がこの村に来たときにも、さりげない示唆や忠告はなされたのだ。鬼がいる、と知らされなかったわけではない。私がその超常の話を受けとめる器を持っていなかったから、知ることができなかった。

危機を察する器を持たず、ただの景色に愚かしく見とれて、そんな母親だったから、あの子はさらわれた。

降り積む雪から目をそらした。ようやく明るさを取り戻した空に舞う、生命を寿《ことほ》ぐような桜の雨からも。足元だけを見るようにして、湿った土から顔を出した山菜を摘む。

ふきのとうの根本を探っていたら、指と指のあいだを褐色の蜥蜴《とかげ》がするりと抜けた。しなやかな肉のわななきが皮膚に伝わり、薄い眩暈《めまい》を感じる。

暗がりから音もなく現れた、あの腕。人が山菜を摘むのと同じためらいのなさで、子供を摘んでいった。

無情であらがいようのない、まっすぐな力。自然と同じ、壮大で不可思議な、人を食う力。あの鬼は容易に分かったはずだ。子供の奥で惚《ほう》けていた私が、争う気迫を持たない弱い獲物であると。美しいもの、心を奪うものが視界をよぎるたびに目を塞いだ。その陰からきっと、あの腕が伸びてくるから。

それでも、永遠に逃げ続けることは叶《かな》わなかった。朝から庭木の紅葉が異様に光って見えるので、今日がその日なのだと分かった。畑には、子供を連れずに一人で行った。

唐紅の葉が降る、艶《あで》やかな錦の林がそこにあった。あまりにきれいで涙がこぼれた。

どうして私はこんなに弱いのだろう。すぐに心を奪われる。足元がおろそかになる。美しいものとおぞましいものの区別ができず、そこに力があれば見とれてしまう。

考えることも争うこともできない私ができるのは、見ることだけだ。

ただ、見ることをやめられない私の目は、この村の誰のそれよりも明瞭に、怪異の姿を映すだろう。

紅葉の陰から、異様に長い指を持つ巨大な手が現れた。こちらへ伸びてくる。

奥の闇には、鬼が――。

次の駅が近いことを告げる、どこか懐かしさを感じさせる車内放送のチャイムが鳴り響いた。

――まもなく、盛岡です。お降りのお客様はお忘れ物のないよう……。

力強く歯切れのいい男性の声のアナウンスが、乗り換え案内を始める。しかし藍井円香《あおいまどか》にとってその声は、井戸の底にかすかに届く地上の物音くらい遠く感じられた。自分に向けて発されている音声だと、なかなか認識できない。

なにしろ藍井の目の前では今、闇に潜む鬼の姿がようやく像を結ぼうとしているのだから。

呼吸を忘れ、手にした文庫本のページをめくる。乗車中の新幹線が盛岡駅のホームにすべり込む。緩やかに減速し、やがて停車する。降車する乗客が一人、二人と荷物をまとめて腰を浮かせ、通路に並び始めた。

――ドアが開きます。

ぷしゅう、とまるで空気が抜けるような音を立てて新幹線のドアが開いた。乗客たちが歩き出す。途端に周囲の物音が増え、藍井は弾《はじ》かれたように本から顔を上げた。窓越しにホームの駅名標を確認し、思わず声を上げる。

「うわ！　わっ、わ」

慌てて帆布生地のトートバッグに本をしまい、荷物棚からデイパックを下ろした。腕にコートを引っかけ、降車待ちの列の最後尾につく。鼓動が高鳴った胸を押さえ、ふうと息をつく。

もう何度読んだかわからない本なのに、物語に没頭して危うく乗り過ごすところだった。

藍井はトートバッグの口を開き、読んでいた本の表紙をちらりと覗《のぞ》いた。

花弁に凄《すご》みのある黒い斑点を浮かせた橙色《だいだいいろ》の百合《ゆり》が、闇から浮かび上がるようにして咲いている。百合はとても精緻で生々しく、一見すると写真のようだが、よく目を凝らすと細かな筆跡が見て取れて、油彩で描かれた作品だと分かる。『夜にしか摘めない花』、とまるで百合の花弁から文字がこぼれるようなデザインでタイトルが配置されたその文庫本は、二年前に刊行されたものだ。

著者名は、松山紫苑《まつやましおん》。

紫苑先生はやっぱりすごい。胸に痛みを感じ、藍井はそっと文庫の背を撫《な》でた。

松山紫苑は藍井にとって特別な作家だ。

出会いは多くの他の作家と同様に、中学校の図書館だった。

『紫陽花《あじさい》のむこうがわ』。背表紙に書かれたミステリアスなタイトルに惹《ひ》かれ、透明なフィルムがかけられた単行本を棚から引き抜いた。表紙には、大輪の紫陽花の花束で顔を隠した制服姿の少年が描かれていた。きれいなのにちょっと寂しい雰囲気だな、と思ったのを覚えている。よく貸し出される作品なのか、ページの端がこすれて柔らかくなったその本は、開くとウエハースみたいな匂いがした。

物語の舞台は平成初期の地方都市。夏休み中に学区内で連続して発生した怪事件の謎を、地元の高校生たちが中心となって解き明かしていくライトなホラーミステリー小説だ。一つ一つの事件の背景に、学校の七不思議やおまじない、妖怪や幽霊などの怪奇現象が絡んでいる。

抜群の行動力で数々の事件を解決した主人公の女子生徒は、最終話で重大な真実に行き当たる。一緒に行動してきた仲間のうち、誰か一人が死者でないと解決しなかった事件がある。しかし、もちろん紛れ込んだ死者は、自分がそうだとは告白しない。他のメンバーも、誰が死者であるか追求しようとしない。むしろ主人公以外のメンバーは、もっと早くにその真実に気づき、「謎を解きすぎないように」と彼女をいさめる節すらあった。

お盆が終われば死者は帰る。知らなくていいことをわざわざ暴いて、別れを早める必要はない。そう結論づけた主人公は、死者を含めた仲間たちと雑談をしながら、それぞれの家に帰っていく。

解かない謎を抱えて生きることと学生たちの成長を重ね合わせた、ほろ苦いエンディングが印象に残った。藍井はけっしてホラー小説を読むのが得意な方ではないのに、この作品はなぜか読み通すことができた。怪異の表現がマイルドで読みやすかっただけではなく、この人の本に書かれるちょっと寂しげな子供たちを、好きだと思った。事件解決のために協力はするけど、深く分かり合うことはなく、それぞれに秘密と悩みを抱えたまま、並んで歩く子供たち。

クラスで仲のいい友人を作らなきゃとか、部活でダメなやつあつかいされないよう頑張らなきゃとか、頭の片隅にうっすらと漂い続ける煙のような日常生活のプレッシャーが、松山紫苑の小説の中にはなかった。その世界で藍井はやっと、深く息をすることができた。

松山紫苑は当時三十代。ジュブナイル向けのホラー小説を得意とする女性作家で、いくつものシリーズを連載していた。十代の藍井は夢中でそれを読んだ。読みかけの巻をいつも一冊、お守りのように学生鞄《かばん》に入れて通学した。松山紫苑の本が読書を習慣づけるきっかけになり、他の作家の本にも手を伸ばした。

多くの本を読むうちに、自分も書いてみたいと思うようになった。松山紫苑の作風を真《ま》似《ね》して、日常のささいな怪奇現象とそれに行き当たった人、という構成の掌編をノートに書いた。クリスマスプレゼントに親族から中古のワープロを買ってもらってからは、自分の文章が活字になる面白さに溺れ、どんどん書く楽しさが増していった。書くものが掌編から短編になり、長編になるまで、それほど時間はかからなかった。

大学入学後も、藍井は趣味として小説を書き続けた。退屈な講義の最中や疲れを感じたサークル活動の帰り道にふと、思いついた数百文字の短い小説をノートに書きつける。すると、まるで心の舵《かじ》を握り直したみたいに精神が安定した。藍井にとって小説は、自分と周囲を切り離し、適切な距離を保つための手段だった。

ある日、たまたま読んでいた文芸誌の新人賞の作品募集ページが目に入った。五人ほど並んだ選考委員の中に、松山紫苑の名があった。

松山紫苑に、自分の小説を読んでもらえるかもしれない。そんなこと人生で一度も考えたことがなかった。

半年かけて規定枚数の作品を完成させ、応募した。結果は三次選考で落選。松山紫苑に読んでもらうことは叶わなかったが、充分に自信がつく結果だった。年に二度ほどタイミングが合った文学賞への応募を行う習慣ができ、就職して以降もそれを続け、二十代の半ばに作家デビューが決まった。

受賞した新人文学賞の選考委員は松山紫苑ではなかったが、責任感のある大御所作家から温かい励ましを受けてデビューできたことは本当に幸運だった。担当編集者にも恵まれ、藍井は一作目、二作目とテンポよく本を出し続けることができた。三作目が運良く映像化され、ぐっと読者層が広がった。四作目以降は、安定して文芸誌で連載の仕事を得られるようになった。

競争が激しい作家界隈《かいわい》で、藍井はデビューから十年が経《た》ってもまだ、ときどき話題作を出す中堅作家として生き残っていた。

仕事上の困難はいくらでもあった。書けない日だって書くしかない。良いストーリーが思いつかないなら、思いつくまで苦しむしかない。手を尽くし、時間をかけ、これだと思える作品を出したって、報われるとは限らない。毎年二百人ともいわれる新人作家が業界に入ってくるのだから、気を抜けばすぐに埋没する。そんな恐怖と戦いながら、書く。細部まで目の配られた素晴らしい仕事をする編集者もいれば、モラハラめいた威圧的な態度で押し切ろうとする編集者もいた。いいですね、これでいきましょう！　とＯＫの出た作品が、いきなり手のひらを返したように没にされ、一ヶ月分の原稿料がゼロになることもあった。

でも、松山紫苑が連載している文芸誌に自分の作品が掲載されるたび、心に小さな花が咲いた。少し離れた位置であっても、目次に並んだ名前を指でなぞるとうれしかった。辛《つら》くても、不条理に直面しても、この業界には良い仕事をする人がいる。喜びを湧かせる場所がある。無条件でそう信じられるのは、幸福なことだった。

いつしか、目標ができた。松山紫苑に自分の作品を読んでもらいたい。読んで、感想をもらいたい。

実は藍井は、過去に松山紫苑に新刊の帯コメントを、お互いの担当編集者を経由して依頼したことがあった。しかし、多忙を理由に断られた。力を入れている作品の執筆が佳境で新規の仕事の受注は控えている。申し訳ない、という丁寧な返答があった。最後に、松山紫苑はこんな文章を添えていた。

【藍井円香さんは、気鋭の新人さんだとうかがっています。せっかくお声がけいただいたのに、時間が作れず申し訳ないです。私の作品を読んでくださってありがとうございます。どうか体に気をつけて、藍井さんが良いと思う物語をたくさん書いてください。応援しています。】

仕事に対してはとても厳しいが、温かく堅実な雰囲気の人だと噂《うわさ》には聞いていた。新人に対する真摯なエールを、藍井はかみしめるように何度も読んだ。

新規の仕事という形式でなく、松山紫苑に作品を読んでもらう方法があと一つだけ残っていた。

彼女が選考する文学賞の、最終候補作に残ることだ。幸いにも松山紫苑は新人文学賞の他、プロ作家を対象にしたホラー文学賞の選考委員を引き受けていた。今はダメでも、いつか優れた作品を書いて、あの人に読んでもらえたら。ほんの少しでも、作品を誉《ほ》めてもらえたら。私は親に認められた子供のような気持ちになるだろう。

良いものを書こう。あの人に届く、良いものを。書いて、書き続けて、いつか、学生の頃に自分が出会った松山紫苑の作品のような、読む人の心を守る本を作れたら幸せだ。

松山紫苑は藍井にとって、闇夜に灯《とも》る道しるべの星のような存在だった。

まさかこんなにも早く、星を失うことになるなんて思ってもみなかった。


訃報は、平日の午前に突然届いた。

年明けから新型コロナウィルス感染症の感染者数が増加し、まん延防止等重点措置が適用されていた二月中旬。仕事部屋でパソコンに向かっていたら、デビュー時から付き合いがある編集者の金森《かなもり》つかさから着信があり、藍井はなんの気負いもなくスマホを耳に当てた。ちょうどゲラのやりとりをしている最中で、その内容に関する連絡だと思った。

金森は「いま大丈夫ですか?」と柔らかい声で問い、ほんの数秒間を空けて、「二月七日に、松山紫苑先生が亡くなられました」と切り出した。

「前々から藍井さんは松山先生をとてもお慕いしているとうかがっていたので……報道解禁は今日の夕方になるらしいのですが、ニュースでお知りになるより、先に私からお伝えした方がいいように思い、ご連絡差し上げました。なんでも、五年ほど前から癌《がん》を患われていたらしく……弊社でも、松山先生の担当者をのぞいて誰も病状を知らされていなかったため、動揺が広がっています。私もまったく、事態を受け止められていません……」

すでに近親者で葬儀は執り行われ、後日お別れの会が催されるという。

衝撃が大きすぎて言葉が出ない。松山紫苑が闘病していたなんて知らなかった。彼女のエッセイ本にも、そんな記述は一行もなかった。

とっさに頭をよぎったのは、二ヶ月前に発売された松山紫苑の新刊の表紙だ。しんと輝く、鬼百合の橙色。

「し、新刊が……出たばかりなのに。『夜にしか摘めない花』、本当にすごくて、来月発売される雑誌で私、書評を……書いていて……」

まとまりのない、意味をなさないことを口走ってしまう。どれだけ熱を込めた文章を綴《つづ》っても、もうあの人には届かない。そのことがよく分からない。

「次作で鬼シリーズが完結するって、去年の秋頃、エッセイに」

「そうですよね……。松山先生の担当者によると、容態が悪化したのは去年の暮れだったそうです。きっと秋の時点では、シリーズを完結させるおつもりだったのだと思います」

「そんな……」

一ヶ月後、都内のホテルでお別れの会が催され、多くの出版関係者が足を運んだ。藍井は金森とともにシックなスーツ姿で参列した。

故人の人柄が偲《しの》ばれる穏やかな会だった。松山紫苑が愛好していたという百合の花が会場のあちこちに飾られていた。正面の壇上には柔らかく微笑《ほほえ》む彼女の遺影が置かれ、参列者は長い列を作り、献花台に白い花を供えていく。

献花を終えて列から離れた藍井は、お別れの会ってこんな風だったんだ、と呆《ほう》けた心地で松山紫苑の笑顔を見上げた。

思えばデビューしてからの十年の間に、「お別れの会」は幾度となく催されていた。偶然、亡くなったのが参列するほど近しい相手ではなかったというだけで、若い作家も中年の作家も年配の作家も、前触れもなく様々な理由で、ある日ふつりといなくなる。作家だけではない、編集者だってそうだ。ヒット作を生み出した人、長く愛される雑誌を起こした人、「この本はあの人が担当したに違いない」と読む側に直感させる強さを担当作に宿す人。懸命に仕事をした様々な人が、惜しまれながら亡くなった。

デビューしたばかりの頃は、目の前にいる担当編集者や憧れの作家たちに認めてもらうことに必死だった。その人たちに「良い」と言われれば、良い仕事ができていると思えた。彼女ら彼らがいなくなる日がくるなんて、考えたこともなかった。

お別れの会の帰りに、少し休憩をしようと藍井と金森は会場近くのカフェに入った。

「作家さんが早逝するたび、その人にしか作れない道が途中で断たれてしまった、と悲しくなります」

数年前にも担当作家を亡くし、お別れの会に参列していた金森が顔をしかめて呟《つぶや》いた。

藍井は砂糖を入れたミルクティーで胃を温め、頷《うなず》いた。

「目の前にいる人たちとずっと一緒に仕事ができるんだって、つい思ってしまう。でも、違うんですよね。なんでだろう、いつもそれを忘れてしまう」

そのタイミングでなぜか、金森の返事が遅れた。迷うそぶりで口を開閉させ、カフェオレの水面を見つめ、やけに力の入った表情で藍井を見る。

「藍井さんごめんなさい。このタイミングでお伝えするべきかは分からないのですが……なるべく早くお伝えした方が、ご迷惑をかけずに済むので……実は私、七月をもって、創造之森社を退職することにしました」

告げられた内容があまりに意外で、理解するのに時間がかかった。えっ、と言葉を詰まらせ、藍井は金森の顔を見た。金森は切なげに眉をひそめている。

「長い間、藍井さんとお仕事ができてとても楽しかったです。本当にありがとうございました」

金森は、これまでに多くの新人作家を受け持ち、鍛え上げ、大々的に世に送り出してきた敏腕編集者だ。作家の強みを広く伝わりやすい形で引き出し、売れる本として結実させるのが上手《うま》い。本を作ることにも売ることにも、強いこだわりを持っている。

　そんな彼女が、退職する？

「えっ、やださみしい！　もしかしてあれですか、あの、よくある業界内転職。編集さんたち、しょっちゅう別の出版社に転職しますよね。金森さん優秀だもの、他の出版社からヘッドハンティングされたんですか？　別のところに行っても、できれば担当し続けてほしいよー……」

「いいえ、まだ完全に固まってはいないのですが……編集とはまた全然別の形で、本に関わる仕事をしようと」

「うわーん、そっか……」

　つまり自分は、これまで原稿だけでなく心も支えてくれていた金森つかさという編集者を、失うのだ。

　腹の底に広がる寂しさをこらえ、藍井は頭を下げた。これまでだって何人もの編集者を見送ってきたのだ。一番世話になった相手に礼を尽くさなくてどうする。

「今まで、本当にありがとうございました。新人の私が業界に定着できたのは金森さんのおかげです。次のお仕事も、どうか頑張ってください」

春が訪れ、自粛ムードが緩和されると相次いで対面での打ち合わせの約束が入った。次々と寄せられたのは、異動に伴う担当交代の通達だ。

特に大きな出版社では、二、三年で担当編集者が代わることが多い。それまでの人から新しい人に仕事が引き継がれ、原稿の相談先も、引き渡し先も変わっていく。担当の引き継ぎは対面で行われることが多く、配置換えを決めた出版社は打ち合わせがしやすくなるタイミングを見計らっていたのだろう。

一人、また一人と頼みにしていた相手が去り、新しい人がやってくる。

なんのことはない、先達に助けてもらう期間が終わり、自分より後にやってきた人をサポートする期間が始まったのだ。たったそれだけの話だ。動揺するなんて、馬鹿げている。

――なにを目指して書けばいいいんだっけ。

悩んでいる暇はない。紫苑先生はどれだけシリーズを完結させたかっただろう。書きたくても書けなくなった人がいるのだ。書ける環境にある自分が悩んでどうする。悩むよりも先に書くんだ。それが残された側の責務だ。書いて、書いて、書いて――。

がむしゃらに執筆を続けた夏の終わり、とらえどころのない穴がぽっかりと、思考のどこかに空いているのを感じた。物語の足場がぐにゃついて、力がでない。

急に、書けなくなった。


それから二ヶ月後、涼しい風が吹き抜ける盛岡駅のホームに降り立った藍井はふと、頭が白くなるのを感じた。

——なんでここにいるんだっけ。

ああそうだ、取材の帰りだ。次作の舞台にちょうど良さそうな洋館が函館《はこだて》にあって、スランプを抜け出すきっかけにしようと、写真を撮りに行った。内部の構造を確認したところ、漠然と考えていたトリックがうまく機能しそうでほっとした。ビクトリア様式の外観がとても美しかったので、あの洋館をモデルにするならさらに建築時の時代背景を加味し、それを体現するようなキャラクターを登場させて、物語の雰囲気をより重厚に——。

発車ベルが鳴り響き、先ほどまで乗っていた艶やかなエメラルドグリーンの車両が走り去る。強い色彩を失ったホームが急にがらんとした寂しい場所に感じられて、藍井は顔をしかめた。ほとんど反射のように走っていた職業的な思考が勢いを失い、困惑する。

穴がある。よく分からないけれど、穴が。憧れていた紫苑先生はもういない。自分を育ててくれた編集者たちも年月とともに現場を去っていく。心もとない場所で、それでも書きたい。寂しいという気持ち以外の、たしかな軸をつかみたい。

でも、どうすれば――。

トートバッグに入れたスマホがメロディを鳴らした。画面を確認する。夕方に落ち合う約束をしている金森つかさから、メッセージが届いていた。

【お疲れさまです！　藍井さん、無事に到着されましたか？

遅ればせながら、駅前のランチにおすすめのお店をいくつかご紹介させてください。

本当ならお昼からご一緒したかったのですが、タイミングが悪く申し訳ありません。

盛岡はのんびりした町です。ぜひ肩の力を抜いて、疲れを癒やしてくださいね。

取材も行かれるんですよね？　物語のヒントになる、よい出会いを願っています！

後ほど、久しぶりにお目にかかれるのを楽しみにしています。それでは！】

彼女の溌剌《はつらつ》とした口調が思い起こされるメッセージだった。三つほど添付された店のホームページのアドレスを順々に開き、藍井は金森に【ありがとうございます。助かります。】と返信した。ひとまず、彼女が送ってくれた店の中で、一番駅から近いところに入ろう。

長いホームを歩き、階段を下りて改札階へ向かう。改札に行く途中で、何百もの色鮮やかな紙人形がずらりと並べられた美しい展示物が目に入った。美しい着物を着て、ある人は太鼓をかつぎ、ある人は手を頭上に掲げて踊っている。岩手の夏の名物である「さんさ踊り」を踊っている人々を表現しているらしい。

さんさ踊り、名前ぐらいは聞いたことがあるけれど知らないな。藍井は足をとめてしばし紙人形に見入った。怪談ものの取材で遠野《とおの》地方を訪ねたことはあったけれど、盛岡は大都市だし、都内とそう雰囲気も変わらないだろうと素通りしていた。創造之森社を退職した金森が、家族ぐるみで盛岡に移住しなければ生まれなかった縁だ。

紙人形の写真を撮り、藍井は改札を出た。バスが行き交う広々とした駅前のロータリーを抜け、近くのビルの焼き肉店に入る。ここでは盛岡名物の冷麺が食べられるらしい。

透かし格子が印象的な落ち着いた店内は満席に近いくらい賑《にぎ》わっていた。十分待って席に通され、メニューを開く。冷麺は辛さが選べるようだ。

藍井はちょい辛の冷麺の他、それだけでは寂しいかとカルビを一皿……そこまで頼んでしまうならいっそ、とビールも一杯注文した。なんだか意図せず豪華なランチになっていく。

メニューを店員に下げてもらい、周囲のテーブルを見回して驚いた。割と多くの客が、冷麺を単品で頼んで食べている。どうやら盛岡では、冷麺は焼き肉の締めの一品ではなく、ラーメンのようにそれ一杯で食事として成立するものと見なされているようだ。とはいえ、もちろん冷麺つきの焼き肉ランチを楽しんでいる客もいるので、自分の注文も変ではないのだろう。

【ぜひ肩の力を抜いて、疲れを癒やしてくださいね。】


さきほど読んだばかりの金森のメッセージが頭をよぎる。

「取材の帰りに盛岡を通るので、よければ食事でもしませんか」と、なるべく気軽に響くように気をつけて誘った。しかし自分の不調など、金森はとっくに見通しているのかもしれない。

ひとまず悩みを忘れ、彼女の言うとおり疲れを癒やそう。藍井はビールに口をつけ、運ばれてきた冷麺にスプーンを沈めた。赤いスープを一口味わう。

見た目に反して辛さはあまり感じず、牛の風味が凝縮された、濃厚で奥深い味がする。半透明の麺はコシが強く、食べ応えがある。酸味と辛味が強いキムチをほぐし、スープの味を自分好みに変えていく。一度口をつけたら中身をすべて食べてスープまで飲み干してしまいそうな、後を引くうまさを感じた。

甘辛い味つけがされた柔らかいカルビを、ごま油風味のタレにつけて食べる。こちらもおいしい。普段は食べられないものを食べて、脳が驚く感じがあった。

書けなくなってからはずいぶん焦って、朝から晩までパソコンにかじり付いていた。真っ白な画面を見続けるうちに、このままでは気が変になる、と怖くなり、逃げるように取材へ出た。後ろめたさもあったが、思い切って遠出をして、よかったのかもしれない。

腹に食べものが溜《た》まるにつれて少しずつ思考が弾力を取り戻し、行き詰まっていた箇所を抜けて巡り始めるのを感じた。ビールをちびちびと飲み、藍井はトートバッグから『夜にしか摘めない花』を取り出した。先ほど中断した箇所からその章の終わり――主人公の女が顔面を鬼に捕まれて視界を失う――までの短い数行を読み通し、ほうと息を吐く。

このシリーズの第一作目は、現代を舞台にしていた。ある地方都市で「鬼が封印されている」という言い伝えが残る巨石が割れ、次々と人が失踪する怪奇現象が起こる。暗がりや物陰で「鬼だと思われる」怪物が跋扈《ばっこ》する中、社会学や民俗学、宗教学を専攻する研究者の一団が、すでに失われた「鬼封じ」の方法を再び構築しようと、それぞれの知見を持ち寄って戦いを挑む。生《い》け贄《にえ》を捧《ささ》げて交渉する、封印する、神に助力を乞うなど、昔話でよくとられる鬼への対処法を一つ一つ検討し、試していく。さらに封印されていた鬼はそもそもどんな存在なのか、手がかりを集めて推理を行う。読み応えのある、ホラータッチのエンターテインメント小説だった。

　そのシリーズの第二作目として刊行されたのが、『夜にしか摘めない花』だ。舞台は室町時代の農村で、背後の山には鬼が棲んでいる。鬼に魅入られる女、鬼との共存を試みる男、鬼へと挑む山伏など、様々な人々が怪異と相対する。鬼の姿をしっかりと見据えられたのは第一章の無力な女だけで、後の章に登場する人々はその姿を目に映せぬまま、災害や大型の獣に対処するように鬼との付き合い方を模索する。やがてそんな村にも、歴史の戦火が及ぶ。

　物語の最後に鬼を倒したのは村人ではなく、戦場を渡り歩いてきた侍だった。すでに両手でも足りないほどの人間を殺してきた自分は間違いなく鬼の一種だ、ただの同類だと思えばなにも怖くない、と恐怖をまるで持たずに鬼と対峙《たいじ》し、自分も片腕をもがれながら鬼らしき生き物の首を切り落とした。鬼の体はいやな臭いを発して溶け、異様に大きなしゃれこうべがそこに残った。村人は山の端に鬼のしゃれこうべを埋め、二度と蘇《よみがえ》らないようにと近隣で最も大きな岩をその上に安置した。人がなにに恐怖し、なにに魅入られるのか。人の弱点とはなにかを掘り下げる、しっとりとした秀作だった。

　そして第三作目では、平安時代を舞台に、時代と作品を貫いて跋扈するこの一匹の「鬼」

の起源が描かれるはずだった。読みたかったな、と藍井は眉を曇らせる。松山紫苑が「鬼」という存在をどう位置づけたのか、最後の答えを知りたかった。

——その人にしか作れない道が途中で断たれてしまった、と悲しくなります。

お別れの会の帰り、金森がぽつりと漏らした嘆きはそういうことだろう。その人にしか作れない道を、多くの作家が存在の内部に抱えている。他の作家では代わりにならない。誰も、途切れた道の続きを書くことはできない。

——だから私も、書くべきだ。道が途切れる前に早く、早く。後世に残るような傑作を。そもそも働き続ければ周りの顔ぶれが変わるなんて当たり前のことじゃないか。私以外の作家はみんな平然と仕事を続けている。そんなことに動揺するのは、私が一人の社会人として未熟で、弱いからだ。

ちらりと脳裏をよぎった思考にどこか暗いものを感じ、藍井は眉をひそめた。春からずっと、この性急な思考に苛《さいな》まれてきた気がする。

腹に収めた冷麺と焼き肉の満足感が、少し落ち着こう、となだめてくれる。ビールを最後まで飲み、料理をすべて食べきって、藍井は席を立った。会計を済ませ、店を出る。

なにを頼りに次の話を書けばいいのか、まだ分からない。なら、取材だ。活路を探そう。

取材で知らない土地を訪ねた際は、手始めに旅の安全を願うため、その地域の一番大きな寺社仏閣に挨拶することにしている。藍井は駅前から盛岡八幡宮《はちまんぐう》を目指すことにした。徒歩で三十分ほどかかるようだが、天気もいいので腹ごなしがてら歩いて行こう。地図によると、そう複雑な道筋ではない。迷うこともなさそうだ。

商業ビルが建ち並ぶ賑やかな駅前を抜けると、目の前に水量の豊かな幅広の川が現れた。北上川《きたかみがわ》だ。地理の授業で習ったな、となつかしい気持ちになる。川には数十メートルごとに大きな橋が架かっていた。川沿いの遊歩道は頭上に電飾がかけられていて、夜にはライトアップされるようだ。若い人にも好まれそうなモダンなカフェやダイニングが軒を連ねている。

遊歩道を彩る木々の紅葉を横目に、開運橋、と案内が書かれた、ひときわ目を引く大きな鉄橋を渡る。光がまたたく川面には、マガモやハクチョウの姿があった。吹き抜ける風に乗って、色の薄い空をセキレイがすいと横切る。どうやらこの辺は、野鳥にとっても憩いの場であるらしい。

橋の途中で足が止まる。遠くに、青く美しい山が見えた。

歩き続けるうちに、屋根つきの賑やかな商店街に入った。使い勝手のいいチェーン店と、風情のある地元の商店が混在している。メイン通りだけでなく小道の奥まで店が連なっていて、活気が感じられた。新しそうな店も多い。ところどころでお洒落《しゃれ》な喫茶店が目に入り、心が揺れる。とりあえず参拝を済ませよう、と膝に力を込めて通り過ぎた。

商店街を抜けると、立派な石垣がそびえる盛岡城跡公園、そして公園に隣接する櫻山《さくらやま》神社が現れた。櫻山神社は南部《なんぶ》家四柱の神々を祀《まつ》っているらしい。南部家とはかつての盛岡藩を統治した大名家で、南部家初代の南部光行《みつゆき》公、盛岡藩を拓《ひら》いた南部信直《のぶなお》公、町を整えた南部利直《としなお》公、藩校教育を推進した南部利敬《としたか》公が四柱として祀られている。お邪魔します、とここでも参拝し、頭を下げる。

再び小さな川を渡った。中津川《なかつがわ》というらしい。川の近辺は視界が開け、町に寄り添う青い山がよく見える。藍井は不思議な気分で山を見上げた。こんな風に穏やかな心地で町を歩くのはいつ以来だろう。

頭の隅では、ずっと物語を作る回路が動き続けている。

——手動式エレベーターの殺人トリックはなんとかなりそうだけど、しっとりとした洋館もの、というだけでなく物語全体にもう一つ大きなテーマがほしいな。できれば直感的に分かりやすくて、読み手がドキリとするような……。

細い道をしばらく歩くと、目の前に荘厳な赤い鳥居が現れた。

盛岡八幡宮は今から三百年以上前に南部重信《しげのぶ》公――盛岡藩の第三代藩主となった人だ――によって造営されたらしい。品陀和気命《ほんだわけのみこと》、第十五代応神《おうじん》天皇であり、いわゆる「八幡様」と呼ばれている神様を祀った場所だ。境内は広々としており、色鮮やかな朱塗りの社殿が美しい。様々な色合いで紅葉した木々が、主役を引き立てる名脇役となって社殿の周囲を彩っていた。

参拝を行い、旅行安全のお守りを購入して一息つく。藍井はふと、境内の喫茶店から目が離せなくなるのを感じた。

盛岡にはずいぶん喫茶店が多い。実は駅からの道すがら、魅力的な看板の前を通り過ぎるたび、じわりじわりと欲求が高まっていた。トースト、アイス、ホットケーキ。それらの素敵なメニューと並ぶ、コーヒー、珈琲《コーヒー》、coffee の文字。

吸い寄せられるように近づき、扉を開ける。日当たりの良い店内は、多くの客で賑わっていた。カジュアルで居心地の良さそうな空気にほっとしつつ、藍井は案内された窓際の席に向かった。ブレンドと自家製のチーズケーキを注文する。香ばしい珈琲の苦みと、しっとりしたチーズケーキの優しい甘みが口の中で溶け合う。

体の力が抜け、呼吸が深くなる。藍井はトートバッグからスマホを取り出し、取材先への道筋を調べた。ここからそう遠くない。徒歩で二十分、のんびり歩いたら三十分くらいかかるだろうか？　どうせ夕方まで予定はないのだ。焦らずに行こう。

向かうのは、岩手にかつて居たとされる鬼の伝説が残る土地だ。岩手に鬼がいたなんて、訪問の下調べをするまで知らなかった。

――洋館と鬼、じゃ合わないよね？　いや、うまく合わせられる人もいるかもしれないけど、私の作風だと厳しいよね？

創作上の難しさを感じて、藍井は眉をひそめた。

つまりこれから取材する場所も、すぐに次作のヒントになるわけではないのだ。とはいえ、ホラー作品をそれなりに書いてきた身として、せっかく岩手に来たのだから県名の由来となった伝説が残る場所は訪ねておくべきだろう。次作ではなくとも、いずれ必ず役に立つ。

いずれ、とごく自然に思い至り、藍井は大きくまばたきをした。

書けない。まだ脳内のワード画面は真っ白なままだ。

いつの間にか空になったコーヒーカップとケーキ皿を見下ろす。よし、と気合いを入れ、席を立った。

大きな木によく出会う、と歩いている最中に気がついた。

盛岡八幡宮の境内には、大人三人が手をつないで輪になっても抱えきれないくらい幹の太い木がいくつかあった。川沿いの遊歩道にもこんもりと茂った黄金色のイチョウの木や、真っ赤な花束のように枝を広げた見事なカエデなど、堂々とした樹木が並ぶ。

遠い山と、流れの穏やかな美しい川と、存在感のある樹木。どの要素も、一つだけなら珍しくないだろう。しかしそれらが重なることで、絵画のごとく調和のとれた心地いい一帯ができている。

歩けば歩くほど波だった心がならされていくのを感じ、藍井は深呼吸をした。不思議な場所だ、としみじみと思う。高級な海産物が豊富に獲《と》れたり、ブランド和牛で有名だったり、宝石を散らしたような夜景が見られたり、そうした華々しさで楽しませてくれる観光地とは、少し異なる印象の残り方をする。

歩きづめではいかにも疲れてしまいそうだが、十五分おきに印象的な喫茶店が現れるため、いつでも休憩がとれそうな安心感がある。チーズドリア、ナポリタン、ショコラタルトなど、それぞれの店が手書きの看板で一押ししているメニューもバラエティに富んでいて、いちいち食欲がそそられた。なかには今日のおすすめはきつねうどん、なんて店もある。コーヒーときつねうどん、合うんだろうか。それが合うなら洋館と鬼のコラボだってありじゃないか？

途中で、一昔前の銀行や美術館を思わせる格調高い煉瓦《れんが》造りの大きな建物が目に入った。なめらかな曲線を描く尖《とが》った屋根と、艶のある褐色の煉瓦が美しい。なんらかの歴史的建造物だろう、と見当をつけて目を凝らせば、入り口の左側に「国指定重要文化財」と重々しい看板がかけられていた。右側には、「もりおか　啄木《たくぼく》・賢治《けんじ》青春館」とある。

そういえば盛岡はそんな文豪たちの縄張りだったか。忘れていた。

今は調子も悪いし、後世に華々しい爪痕を残した同業者にまつわる展示物を見るのは辛そうだ。先を急ごう、と進みかけた藍井の足を、MENUと白い文字で書かれた小さな看板がとめた。文字の下には、同じく白いコーヒーカップのイラストが添えられている。

国指定重要文化財の中にまで喫茶店を作るなんて、盛岡市民はどれだけコーヒー好きなんだろう。呆気《あっけ》にとられ、藍井は建物の入り口へ続く石段を上った。

扉を開けて中に入ると、控えめな音量のクラシック音楽に迎えられた。真っ白な漆喰《しっくい》壁と、色味の深い木材を使った床がレトロで上品な空間を作り出している。喫茶店は、石川《いしかわ》啄木と宮沢《みやざわ》賢治に関する展示室と同じフロアにあった。店名は石川啄木の処女作『あこがれ』から名づけられたらしい。

南部鉄瓶で淹《い》れたブレンドコーヒーを味わう。仕事中に焦りながら飲んでいるものと同じ飲み物だと思えないほど味が深く、甘みがあっておいしい。なんだか今日は休憩してばかりだ。深く呼吸し、高い天井を見上げる。展示資料によると、ここはやはりかつて銀行として使われていた建物だった。ロマネスク風の重厚で風格のある外観と、シンプルで優雅な内装が評価され、国の重要文化財に指定されたようだ。

メニューによると、コーヒーと合わせる甘味として、岩手産のアイスだけでなく盛岡ゆかりの和菓子や南部せんべいが提案されている。

コーヒーと和菓子が合うなら、やっぱり洋館と鬼もいけるんじゃないか。かすかな希望を感じ、藍井はブレンドを飲み干した。せっかく入館したので、展示室の方も見て回ろう。石川啄木や宮沢賢治の初版本や自筆原稿、さらにはブロンズ像まで飾られた展示室はかなり見応えがあった。二人とも盛岡中学校の出身で、啄木は賢治の十一年先輩に当たるという。賢治の在学中に啄木の歌集『一握の砂』が出版され、賢治は大いに影響を受けたようだ。賢治は作品の中で岩手をイーハトーヴォ、盛岡をモリーオ市と表現しており、それを意識すると、自分がまるで彼の瑞々《みずみず》しくきらめく物語の世界にいるようで面白い。

物語の世界、と思い至り、藍井は短く考え込んだ。盛岡を歩いていて感じる心地よさは、確かに物語世界の心地よさに似ている。

展示パネルでは、賢治が母校の盛岡中学から校友会雑誌への寄稿を求められて書いた詩編『生徒諸君に寄せる』が大きく紹介されていた。その中の数節がふと、藍井の目をとらえた。

宙宇は絶えずわれらに依《よ》って変化する
潮汐や風
あらゆる自然の力を用い尽すことから一足進んで
諸君は新たな自然を形成するのに努めねばならぬ

宙宇とは、時間と空間の広がりを意味する言葉だ。それが、私たちによって変化する？　きっと賢治は人間と自然をそれぞれに切り離されたものとしてではなく、相互に干渉し合うものとしてとらえていたのだろう。自然を利用するだけでなく、君たちが新しい自然になるのだ、と後輩たちを鼓舞している。

ならば盛岡という独特の気配を持つ一帯は、過去から変わらず存在するものではなく、この地を生きる人々が新たな自然として形成し続けているものなのか。
いったいどれほど研鑽《けんさん》を積めば、こんなに俯瞰《ふかん》的に物事を見られるようになるのだろう。
啄木と賢治の年表を見て、藍井を眉をひそめた。啄木は二十六歳、賢治は三十八歳で亡くなっている。藍井はあと二年で賢治の没年齢に達する。

――真の天才は、私の年齢ではとっくに傑作を残している。私は天才じゃない。だから紫苑先生に作品を読んでもらえなかった。たとえ生涯を費やしたって、傑作は書けないかもしれない。ただでさえ出版業界は厳しい状況にあるのだから、天才じゃない作家なんていつ食い詰めたっておかしくない。怖い。書き続けるためには、傑作を。早く、早く、傑作を。

暗い影のような思考がするりと脳へもぐり込む。藍井は両手で顔を押さえた。指から先ほど飲み干したブレンドの香りが漂う。

こんな、それこそどこにも行けなくなるようなことを考えるために、遠くまで来たわけではない、と思う。探しているのは活路だ。星を失った後の世界で、それでも生きていくために必要な。

深く呼吸し、藍井は顔を上げた。セピア色の、若い写真しか残さなかった二人の作家を静かに見つめる。けっして長いとは言えない人生で、白く清らかな砂浜のような、輝く銀河のような作品を世に送り出した二人。五十代の啄木や、六十代の賢治が存在したなら、いったいどんな作品を作っただろう。

もしかしてこの世を通り過ぎる人々の中で、仕事を最後までやり遂げたという人と同じくらい、半ばでそれを断たれてしまったという人は多いんじゃないだろうか。そんなことを考えながら、藍井は青春館を後にした。

目当ての三《み》ツ石《いし》神社は、静かな住宅街の一角にあった。

スーパーや公園のすぐ傍らに「鬼の手形」なんておどろおどろしい標識が立っているので驚いてしまう。〝DEMONS' HAND PRINTS IN THE ROCKS〟と丁寧な英語表記も添えられている。

しめ縄がかけられた石造りの鳥居をくぐる。遠目では地面に砂利が敷かれたごく一般的な神社のように見えたが、社殿のかたわらに高さ六メートルほどの巨大な岩がでんとそびえていて、近づくとその存在感に圧倒される。

ひとまず参拝を終え、藍井は社殿のそばに設置された掲示物に目をやった。

【三ツ石と鬼の手形

伝説によると昔この地方に羅刹《らせつ》という鬼が住んでいて付近の住民をなやまし旅人をおどしていました。そこで人々は三ツ石の神にお祈りをして鬼を捕えてもらい境内にある巨大な三ツ石に縛りつけました。鬼は二度と悪さをしないし、又二度とこの地方にはやってこないことを誓ったので約束のしるしとして三ツ石に手形を押させて逃がしてやりました。この岩に手形を押したことが「岩手」の県名の起源といわれ、又鬼が再びこないことを誓ったのでこの地方を「不来方《こずかた》」と呼ぶようになったと伝えられています。

鬼の退散を喜んだ住民達は幾日も幾日も踊り、神さまに感謝のまごころを捧げました。この踊りが「さんさ踊り」の起源といわれています。】

説明文のそばには、黒い岩肌にべたべたと押されたたくさんの白っぽい手形の写真が添えられている。一九八六年に撮影されたものらしい。手形は輪郭がぼやけていて、辛うじて指の本数が視認できるくらいだ。これが羅刹の手形なのか。神様はずいぶん念を押して、何度も押させたようだ。

それにしても、ここで「さんさ踊り」が出てくるなんて。盛岡駅に飾られていた紙人形達を思い出しつつ、藍井は傍らの巨石を見上げた。新型コロナウィルス感染症の影響でおととしと昨年の「さんさ踊り」は中止になっていたが、大丈夫だったのだろうか。神様への奉納が滞った隙を見計らって、鬼がひょっこり帰って来ていないか。

作家の癖でそんな不届きなことを考えながら、境内の巨大な三つの岩の周りをぐるりと歩く。目に見える範囲に、鬼の手形は見つけられない。年月を経て風化してしまったのだろうか。

岩にはしめ縄の他、全体を締めるように細い鎖がかけられていた。『岩の割れ目にお金を入れないでください!!（岩の割れ目が広がり、岩がもろくなっています）』というヒヤリとする注意書きが設置されている。

すごいな、と藍井はため息を吐《つ》いた。鬼の手形なんて初めて見た。「二度とこの地方には来ない」という具体的な誓いも迫力がある。その上、そんな重要な誓いの岩のひびに、小銭を差し込む人がいる。寺社仏閣の目を引くモニュメントに小銭を置いたり投げたりするのは日本人の癖だが、伝説の内容を考えるとなかなか怖い行為だ。――でも、そういう人、いそう。神様の岩だからと、お賽銭《さいせん》気分で入れたのかもしれない。パソコンに向かって書いているだけではたどり着けない、神様と鬼と人間のリアルな関係だ。

いつの間にかだいぶ日が傾き、夕焼けが西の空を染めていた。そろそろ駅前に戻らなければ、約束の時間に遅れてしまう。

藍井は最後にもう一度巨石を見上げた。鬼がかつて縛りつけられた岩だと思うと、なんとなく緊張する。しかも時刻はおあつらえ向きの逢魔《おうま》が時《とき》だ。影が深く、魔物に出会いやすいので、気をつけなければならない時間。

ぬう、と暗がりから伸びてくる巨大な腕のイメージが頭をよぎり、ぞくりとする。人を捕食する化け物としての鬼。紫苑先生も、この場所を取材に訪れただろうか。

しかし最近の若者はこの時間帯を逢魔が時ではなく、空の色が綺麗《きれい》で、ＳＮＳ映えする写真が撮れる「マジックアワー」と呼んでいるらしい。

夕暮れ時の呼び方すら、時代とともに変わっていく。藍井は社殿へ向けてぺこりと頭を下げ、石造りの鳥居をくぐった。境内を出る。

――盛岡を追い出された鬼は、どこに行ったのだろう。

漠然とそんなことを考えながら、駅方面に歩き出す。先に預かっている住所によると、商店街の近くに金森の店があるはずだ。


ブックカフェ『小石の森』は一階に眼鏡店が入った建物の二階にあった。ブロッコリーみたいな樹形の丸い木と、地面に数粒またたいている小さな星のイラストが描かれた看板を目印に階段を上る。緑と橙のガラスが用いられたステンドグラスのドアを押し開くと、ジャズギターの音色とコーヒーの香りに満たされた穏やかな空間に迎えられた。

席数は二十席ほどで、シンプルな木製チェアの他、座り心地の良さそうな小さめのソファがほどよい間隔で配置されている。ソファとソファの間など、様々な場所に背の低い本棚が置かれ、そこに差された本は自由に閲覧できるようだ。本棚だけでなく、窓際やテーブルの端などにもさりげなく本が並べられている。コーヒー、紅茶を始めとするドリンクの他、サンドイッチやカレーなどの軽食も注文でき、滞在時間に応じて席料がかかる仕組みのようだ。

店内には数組の客がいた。オリーブグリーンのエプロンを着けて配膳を行っていた女性店員が、藍井に気づいて足を止める。

「いらっしゃいま……藍井さん！　来てくださってありがとうございます」

大輪のひまわりのようにぱっと明るく笑いかける女性が、金森つかさだと一瞬わからなかった。最後に会ったときよりも髪が短く、メイクは柔らかい印象のものになっている。そのせいか五歳ぐらい若返って見えた。金森は窓際のオレンジ色の一人がけソファに藍井を案内した。

「少し待っていてください。すぐに準備してきます」

「お店は大丈夫なんですか？」

「家族が交代してくれることになってるので、大丈夫です」

函館土産のラスクを手渡すと、金森はわっと声を上げて喜んでくれた。カウンターで作業をしている黒いキャップを被《かぶ》った男性に声をかけ、菓子の紙袋を持った彼女は店の奥に入っていく。男性は間もなく、コーヒーを運んできてくれた。

「藍井円香先生ですね。妻がいつもお世話になっています」

そういえば金森は飲食店に勤める夫と一緒に店を持ったと聞いていた。藍井は立ち上がり、慌てて頭を下げた。

「とんでもないです。こちらこそ、金森さんにずっと助けていただいています。とても落ち着く、素敵なお店ですね。ご開店おめでとうございます」

「ありがとうございます。まだまだ地域の方々に少しずつ知って頂いている段階で。長く続けていけるようがんばります」

金森の夫を見送り、藍井は甘い香りがするコーヒーを一口飲んだ。コクが深くまろやかで、おいしい。

自然と、そばに置かれた小さな本棚に目が向かい、藍井は息を呑んだ。ここ十年の、国内外を問わずなにかしらの鋭い美質で注目された小説の単行本がずらりと並んでいる。他にも短歌、詩、ルポルタージュ、初心者でも入りやすい人文書や思想書、科学書など、幅広いジャンルの本が差し込まれており、そのどれもが、思わず指を伸ばしたくなる強さをタイトルや装幀《そうてい》から漂わせている。

一冊手に取ったらそのまま五時間ぐらい平気で読み続けてしまいそうな、元敏腕編集者の本気の選書が行われた本棚だ。すごい、を通り越して、えげつない。

「お待たせしました。行きましょう」

エプロンを外し、代わりにコートを羽織った金森に声をかけられ、我に返る。

「金森さん、一度はまったら抜けられない罠《わな》みたいな本棚作ってますね」

「ふふふ。本当に好きな本しか置いてないので」

ちなみにその本棚に藍井の本は一冊も入っていなかった。他の本棚に入っているといいな、と淡い願いを持ちつつ、藍井はコーヒーを飲んで席を立った。コーヒー代を払おうとしたら、遠くから来てもらったのでと断られた。


金森は、よく通っているという駅前の居酒屋に案内してくれた。飾らない雰囲気の店で、仕事帰りの勤め人も夕飯を食べに来た親子連れも、リラックスした様子でそれぞれの食事を楽しんでいる。

藍井と金森はまずはビールで乾杯し、お新香や焼き鳥をあてに飲み始めた。

「ご開店本当におめでとうございます。雰囲気のある素敵なカフェですね。本棚の気合いがすごかった。引き込まれて、ああもう私、一日中ここにいそう、って思っちゃいました。コーヒーもとてもおいしかったです」

「ありがとうございます。そう言ってもらえると自信になります」

「金森さんは、前からカフェを開きたかったんですか？」

「そうですね、漠然と……本を作る仕事をやってきてふと、良い本を出すことも大切だけど、そもそも大人があまり本を読まない、特に働き盛りの人は本当に忙《せわ》しないので、良い本を落ち着いて読める場の確保も同じくらい大切なんじゃないかって、思ったんです。他の娯楽と平場で競争するんじゃなくて、ここにくるとスマホを置いてつい本を読みたくなるなっていう、本が優位の空間を作ってしまおう、というか」

金森の返答に、藍井は面食らった。てっきりカフェ経営への憧れが先にあり、さらにそこに前職での強みをトッピングする形でブックカフェという形態に落ち着いたのだと思っていた。しかし金森の物言いでは、むしろ逆だ。

「金森さんは、状況を変えようとしているんですね」

「いや、そんな。単にこれまで働きながら、こういうことできないのかなーってモヤモヤしてきて……夫が盛岡出身なんですけど、喫茶店を営んでいた知人が高齢でお店を畳むことになって、設備を譲ってもらえることになったんです。それで、なんだかんだ条件が整ったから、試しにやってみようって。モヤモヤを晴らすため、自分のためです。ほら、読書って内容に没入するまで、読み手に集中力を要求するじゃないですか。音楽や動画は受け手側がなにもしなくても、なんなら町を歩いているだけでも、目や耳に飛び込んでいけるけど。こんなの同じ条件で戦ってちゃダメだなって。でも、読み始めがスムーズにいけば、読書には読書だけの強みや快楽があるので！　ちゃんと常連のお客さんがついてくれるって思うんです。それで、その……なんだっけ……読み始めの集中力が守られる、場所作りを……」

話しながら金森はまばたきを早め、頬を赤らめて目を泳がせた。原稿のダメ出しをするときには針のように鋭く、迷いのないまなざしをしていた彼女が、と藍井はまた呆気にとられる。

金森はそれまでの経験を用いても確信が持てない、新しい領域に分け入ったのだ。彼女が愛してやまない読書という文化を守る、次の道筋を探している。

——宙宇は絶えずわれらに依って変化する

彼女の試みが成功するかはわからない。でも、こうした挑戦の先にのみ、豊かな変化が起こり得ることはわかる。

「私、紫苑先生が亡くなって、金森さんも退職して、一緒に本を作った他の編集さんたちもだんだんいなくなって……働き続けるって、別れの積み重ねなんだなって落ち込んでたんです。でも今の話を聞いて、もしかしたら私たちが漠然と感じている『業界』って、昔そこにいた人が作って、今そこにいる人が新しく作り続けている風景みたいなものなのかなって思いました」

風景は刻一刻と変わり続ける。目立って素晴らしい功績を挙げた人――それこそ遠い山や、美しい川や、大きな木のように名付けられ、歴史に刻まれる傑物――以外の名は失われていくだろう。それでも。

「生身のその人がいなくなっても、その人が干渉した風景は残る。時間が経って、表面には見えなくなっても、降り積んだ地層にその人の仕事が必ずある」

「今日の藍井さんはやけに詩的ですね」

「へへ、こちらが参考資料です。実は日中、もりおか啄木・賢治青春館に寄りました」

藍井は青空文庫に掲載された『生徒諸君に寄せる』をスマホに表示し、金森に渡した。

神妙な顔で画面をスクロールした金森は、詩篇《しへん》を読み終えて少し笑った。

「われら、宙宇を変化させている最中ですか」

「金森さんはなかなか大胆な変化をもくろむ、野心家だと思います」

「藍井さんは、どんな変化をもくろんでいるんですか？」

「私は……」

なんだっただろう。私が、仕事を通じて望むことは。とても懐かしい、『紫陽花のむこうがわ』の装画がちらりと頭をかすめる。心もとない場所でも、書き続けなければならない。そう思ったのはなぜだ？

——書いて、書き続けて、いつか、学生の頃に自分が出会った松山紫苑の作品のような、読む人の心を守る本を作れたら幸せだ。

「……ちょうどいい日陰を作る、木のような。物語の中に入って休憩し、気力が戻ったらまたそろりそろりと現実に付き合う。そういう、日常の休憩所になる本を作れたらいいって思います」

「なるほど、藍井さんは木を植えていきたい人なんですね」

「そうかも……知れません」

口にしながら、藍井はゆっくりとまばたきをした。

そうか、私が傑作だと感じるのはそういう作品か。そうした作品を、世間や業界が傑作だと見なすかは、分からないけれど。

自分が傑作だと思うものを書き続けて、いつかうまく行かなくなる日が来たとしても、私は、それまでに私が作った林を良いものだ、この世に作れてよかったものだ、と思うことにしよう。いや、きっと思える。

【どうか体に気をつけて、藍井さんが良いと思う物語をたくさん書いてください。応援しています。】

紫苑先生のメッセージを思い出し、藍井はぐっとビールを飲み干した。

ビールから焼酎に持ち替えて二杯ほど飲んだ後、店の一押しだというじゃじゃ麺を注文した。運ばれてきた料理を見て、藍井は思わず「えっ」と声を上げた。

「じゃじゃ麺の麺って、うどんなんですか？　黄色い中華麺のイメージがありました」

「関東だとそういうお店が多いですよね」

金森は慣れた様子で白くもちもちした麺とその上にのせられた肉味噌《にくみそ》を絡め、ラー油、酢、おろしニンニクなど、テーブルに用意された調味料を足して食べ始めた。その様子をまねて、藍井も箸を動かす。ひとまず調味料はかけずに、麺に味噌をつけて口へ運んだ。

「あ、あったかい」

甘辛い肉味噌と、刻んだキュウリ、ネギ、紅ショウガの爽やかな風味が心地よく口の中で交わる。麺の温かさが味噌の香りを際立たせ、咀嚼《そしゃく》している間ずっと香ばしい。あまりにおいしくて、箸が止まらない。するとその様子を見ていた金森が、やけに楽しげに「最後に一口分、麺を器に残しておいてください」と言った。

「なんで？」

「これで終わりじゃないんです」

言われたとおり、一口分の麺を残しておく。すると金森はテーブルに備えつけられた生卵を一つ手に取り、同じく麺を残していた自分の器に割り入れた。よく卵をかき混ぜている。藍井もそれを真似た。

金森は近くを通った店員を呼び止め、「ちーたんお願いします」と自分と藍井の皿を指し示す。はい、とあっさりと頷き、店員は二人分の器を回収した。

「ちーたん?」

マスコットの名前みたいだ。復唱する藍井に、金森は「締めに最高なんですよ」と笑いかけた。

再び運ばれてきたのは、湯気を立てる卵スープだった。どうやら残した麺と溶き卵にゆで汁を注ぎ、肉味噌と香味野菜を追加したらしい。一口飲んで、優しい味わいに藍井は目を丸くした。

「風邪の日に飲みたくなる!」

「あと、風邪予防に飲む人もけっこういるみたいです」

ちーたんを最後の肴《さかな》に、藍井はグラスに半分ほど残った焼酎を少しずつ飲んだ。まるで家で飲んでいるようなリラックスした気分になる。

明日の昼はまた都内で打ち合わせだ。それまでに次作の内容を担当編集者に説明できるレベルまでまとめておきたい。洋館、手動式エレベーターで起こる殺人、より重厚な雰囲気作り、全体をまとめるもう一つのテーマ……ああどうしよう。結局、今日一日では思いつかなかった。

「そういえば、取材はいかがでしたか」

酔って少し目元を赤くした金森が聞いてくる。藍井は三ツ石神社の景色を思い出し、少し間を置いて顔をしかめた。

「すっごく雰囲気あったし、参考になったけど、鬼……鬼は、私より紫苑先生の方が百倍うまく書くんだよー！　『夜にしか摘めない花』が出て間もないのに、鬼ネタは無謀だ……」

「あいかわらず、すごい熱量ですね。松山先生に対して」

「鬼シリーズの最終話だけ読めないとか意味がわからない……続き読みたい……先生の鬼像を見せてもらえないんじゃ私、未来永劫《えいごう》鬼ネタなんて書けない……」

「さっき、生身のその人がいなくなってもとかなんとか言ってたのは、なんだったんですか」

「作家としての私と、推しを失ったファンとしての私は別物なんです……」

しゃべればしゃべるほど気落ちして、悲しみが増す。背中を丸くする藍井を、金森はちーたんに追加した紅ショウガを食べながら冷ややかに見つめた。

「もう担当を外れたんで遠慮なく言いますけど、そういう風に他の作家さんに寄りかかるの、よくないですよ。松山先生は素晴らしい書き手の方でした。でも藍井さんには藍井さんの、藍井さんにしか書けない鬼が必ず存在します。書けない、なんて軽々しく言うべきではないです」

「はい……」

「そもそも、デビュー作は確かに『ああ、この方は松山先生の作品がお好きなんだな』と感じる部分はありましたが、それから十年の間に、どんどん藍井さんの作風は変わっていったじゃないですか。松山先生は、密室で殺人が起こるガチガチのミステリーなのに、いつも不条理な怪奇現象が起こる、プリンケーキみたいに二層構造の小説はお書きになりません。藍井さんは藍井さんで、特別なんです。松山先生はどちらかというと物語の隅々までさらっとホラーが行き渡る、水羊羹《みずようかん》みたいな作風じゃないですか」

「すみません……私は私で、需要の少ないプリンケーキ職人としてがんばります……」

「とんでもない！　そのプリンケーキが好きだって読者がたくさんいるから、藍井さんはずっと作家なんです。胸を張って、どうかご自身の作風を大切にしてください」

ゲラの直し方すら分からなかった時代を知られている相手からの真《ま》っ直《す》ぐな叱責に、藍井は大人しく頷いた。乱れた心を静め、今日の取材を思い返す。なにか、新作に使える要素はなかったか。

「鬼……そういえば、ネタになるかはともかく気になったんですけど……盛岡を追い出された鬼はどこに行ったんでしょう」

金森はまばたきを刻み、考え込むときの癖で顎先に人差し指を当てた。

「岡山でしょうか。桃太郎伝説が残るのはあちらですよね。それか……京都の羅生門《らしょうもん》？」

「どちらもだいぶ西に進出してますね……そもそも鬼って、昔の日本に複数個体、当たり前にいたものなんでしょうか」

「あ、鬼がなにを指すかも、時代や場所によって変わりますね。悪《あ》しき死者だったり、敵対者だったり、疫病だったり、荒くれ者だったり、妖怪の一種みたいな捉え方がされたり……外国人や障害者も、鬼扱いされて排除されてましたし……」

「そうか、鬼は、鬼じゃなかったかもしれない……そういえば、紫苑先生はどちらかというと超自然的な、妖怪に近い鬼を書かれてましたね」

妖怪ではない鬼の描き方。それこそ、敵対者を鬼と見なすのは近代でもよく見られることだ。

「……じゃあ、歴史上に登場する有名な鬼も、語られる際は異形の怪物だけど、もしかしたらモチーフとなった出来事ではただの人で、戦いに負けた側だったから『鬼を討伐してやった、あいつらこんなひどい奴《やつ》らだった』みたいな言われ方をしたかもしれないんですね」

「征夷大将軍《せいいたいしょうぐん》だった坂上田村麻呂《さかのうえのたむらまろ》の鬼退治伝説なんかは、そういう側面が強くありそうですね」

だとすれば、本当の恐ろしい鬼は、鬼と呼ばれた対象ではなく、鬼というレッテルを貼った側の内部に存在しているように思う。

ううん、と喉を鳴らし、藍井は天井を見上げた。鬼。鬼はどこにいるのか。殺人が起こった洋館で、鬼を探す物語。「鬼の手形」の標識が頭をよぎった。〝DEMONS' HAND PRINTS IN THE ROCKS〟……。

「ああ、デーモン。悪魔だ。悪魔が、いわゆる『鬼』のようなレッテルを他者に貼って、そのレッテルを見破って、登場人物の中にひそむ本物の悪魔を探す……そういう話なら、書けるかも」

ぽつりと漏れた呟きを聞き、金森が小さく噴き出した。

「プリンケーキですねえ」

「こういう話ばっかり、思いつくんです」

「新作のプリンケーキ、楽しみにしています」

「カフェに置いてくださいよー」

「すっごく面白かったら、店頭で販売もしますよ！」

置く、とは約束しなかったな、と楽しさを感じて藍井は金森の爽やかな笑顔を見返した。

金森が言う「寄りかかるの、よくない」とはきっとこういうことなのだろう。紫苑先生も、金森も、自分も、それぞれ精一杯に直立して、同じ景色を作っている。


翌朝、ホテルでプロットをまとめた藍井は、荷物を手に盛岡駅に向かった。これから急いで東京に戻り、そのまま打ち合わせをすることになる。ふわりと込み上げるあくびを噛《か》む。悪魔、とモチーフが一つ定まったことで雰囲気は出しやすくなったが、今度はそちらの調べ物もかなり必要だった。睡眠がまったく足りていない。

とりあえず今日打ち合わせをする編集者に、岩手の手土産を買って帰ろう。はるばる取材してきました！　と気合いを見せるのは大切だ。

改札内の土産物を見て回り、藍井は編集部向けの「かもめの玉子」を購入した。続けて、近くの弁当屋で朝食を探す。初めはおにぎりかなにかで軽く済まそうと思ったが、鶏《とり》の照り焼きがふんだんに盛り付けられた弁当の写真を見るうちに、寝ぼけた胃腸が活発に動き出し、ぐうと鈍い音を立てた。

まだ登場人物の設定も細部を詰めきれていない。しっかり食べて、到着ぎりぎりまで案を練ろう。

階段を上り、新幹線のホームに向かう。まだエメラルドグリーンの車体の姿はない。藍井はホームの端へ向かい、朝日を浴びて輝く盛岡市を眺めた。

遠くに、青い山が見える。もう寂しいとは思わなかった。

花をつらねて

胸がすくほど青い海と、隆起した岩場が目立つ、五能《ごのう》線沿線の雄大な風景が掛け紙になった弁当の蓋を開く。すると、なんの変哲も無い新幹線の背面テーブルの上に小さな花畑が現れた。

マグロの赤、サーモンのオレンジ、ズワイガニのピンクに、鮮やかな緑のわかめ。青森駅から徒歩数分の距離にあり、自分もよく夕飯の買い出しに訪れる青森魚菜センターという市場の名物、「のっけ丼」をモチーフにしたお弁当だ。

爽やかな酢飯の香りが漂い、隣の席に座る聡美《さとみ》がぱたぱたと興奮気味に足を揺らした。

「サーモン！　さと、サーモンがいい！」

「はいはい。食べていいから、落ち着いて」

うれしそうに体を揺らす娘をなだめ、大原凜子《おおはらりんこ》はトートバッグからウェットティッシュを取り出した。一枚引き抜き、聡美の両手をふく。四歳になったばかりの聡美は、まだまだ好きなものに気をとられると、それに夢中になりすぎて突拍子もない失敗をしてしまうことがある。出かける間際に牛乳が入ったコップをひっくり返す、アニメから目を離せずおもらしするなど、親の意表を突きかつダメージの大きな失敗も多く、なかなか気が抜けない。

海鮮弁当は、やめておけばよかったかもしれない。聡美が着ている若葉色の生地にかわいらしい小花が散ったブランドもののワンピースと醬油《しょうゆ》の小袋を見比べ、凜子はそっとため息をついた。

でも、新青森駅の売店で、新幹線の車中で食べる昼食を探しているときに漠然と、少し豪華で精のつくものを食べたい、と思ったのだ。聡美の好きな食材が入っていて、食べさせやすくて、しかも少し豪華、という条件を、最も満たすのがこの弁当だった。雄大な風景と重なるデザインで印刷された、ズワイガニのピンク色に目が吸い寄せられた。

弁当屋でつけてもらったプラスチックのスプーンをにぎり、聡美はおぼつかない手つきで醬油をまぶしたサーモンを口に運び始める。他の乗客が通路を通った、車体がトンネルに入ったなど、なにか刺激があるたびに聡美の手は止まり、スプーンが傾く。凜子はそのつどハラハラしながらスプーンの真下にてのひらを置き、ほらちゃんと食べて、落としちゃうよ、と声をかけた。

正直なところ、ワンピースのことを思えば娘には口だけ開けさせて、すべて親の手で食べさせたい気分だったが、最近の聡美はなんでも自分でやりたがる。スプーンを取ったら癇癪《かんしゃく》を起こすか、泣き出してしまうだろう。荒れた子供の相手をする気力も、今の凜子にはない。

海鮮の花畑のうちサーモンとマグロの区画を食べ終え、聡美は満足げにスプーンを手放した。お腹《なか》がいっぱいになったのだろう。再びウェットティッシュで娘の手と口を拭き、ペットボトルのお茶を飲ませ、ママも食べるから大人しく待っててね、と言い含めて幼児向けの知育アプリを起動させたスマートフォンを渡す。目を輝かせた聡美がディスプレイに集中し、やっと凜子は深く息をついた。

半分残った弁当を自分のテーブルに移し、箸を取る。美しい花畑はすっかり崩れていたが、それでもズワイガニは甘く、嚙《か》めば嚙むほど味がにじみ出ておいしかった。肉厚のわかめも歯ごたえがいい。半分の弁当ではもちろん量が足りないため、二個入りのいなり寿《ず》司《し》も追加で買ってある。聡美が知育アプリに飽きてぐずり始める前に手元を片付けようと、凜子は急ぎ気味にそれらを口へ運んだ。

口に詰め込むようにして食べるズワイガニとわかめといなり寿司が、ちゃんと「少し豪華で精のつく」昼食になっているのか、途中からよく分からなくなる。

幼児と過ごすとはこういうことだ。気が抜けず、判断がぶれ、いつもうっすらと緊張している。

でも夫の克彦《かつひこ》はもう四年も、こういう毎日を過ごしてきたのだ。聡美と過ごし、安全を確保し、食事をとらせ、風呂に入れて、おもちゃで遊び、寝かしつけてきた。

——あなたみたいな人が女性の活躍を阻害するの。

数日前に克彦が受けた暴言を思い出し、凜子はこめかみに鈍い痛みを感じた。最近は悩み事が多く、眠りが浅い。漠然と湧き上がる悲しみと憤りを持て余していると、意識の奥から別の憂鬱がごろごろと転がり出て、先ほどの暴言とぶつかった。

——ばあちゃん、もうしゃべれなくなっちゃったよ。

これは先月、仙台に住む母親の俊子《としこ》から電話で伝えられた心配事だ。特別養護老人ホームに入居している祖母の具合が悪いらしい。祖母はひ孫に会うのを楽しみにしている。これ以上病状が進む前に聡美に会わせたい。色々な予定を延期し、スケジュールをこじ開け、祖母を見舞うために二人で新幹線に飛び乗った。

そうしてふと、日常のやりくりでとっ散らかった自分の内部を見渡せば、岩のような憂鬱がいくつも転がっている。たとえば保育園で、聡美が他の児童から攻撃的な言動を受け、対応に悩んでいる。親族内で相続に関連した諍《いさか》いが起こり、流れ弾のようにいやな言葉を浴びせられた。今期から着任した職場の上司は、熱心な指導と吊《つ》るし上げの区別がついていない。そんな、すぐには解決できないたくさんの憂鬱に、振り回されて生きている。

空になった弁当の容器と紙ゴミをまとめてポリ袋に入れ、凜子は鞄《かばん》から鎮痛剤を取り出した。緑茶と一緒に、ごくりと飲み込む。

四年前、克彦の勤め先だった東京に本社を置く食品メーカーは、経営方針の変更に伴い青森営業所の閉鎖を決定した。当該営業所に勤務していた克彦には他県の部署への転勤が命じられ、しかし彼にはすぐに応じられない事情があった。

聡美が生まれたばかりだったのだ。重篤な妊娠高血圧症候群の影響で、聡美は予定日よりも二ヶ月早く生まれ、まだ新生児集中治療室に入っていた。

隣の保育器に入っていた子が、あくる日には煙のようにいなくなってしまう。そんな険しい生死の線上で祈ることしかできない、先の見えない日々だった。このタイミングでの転勤や単身赴任は、夫婦にとってあまりに苛酷だった。

しばらく育休を取りたい旨を会社に伝えたところ、「人手不足なので困る」「うちの会社で過去に男性が育休を取得した例は最大でも五日まで」「二週間後には転勤先で仕事を始めてほしい」と苦り切った返答をされた。緊急帝王切開という予想外の事態に疲弊していた夫婦にそれ以上の交渉をする気力はなく、克彦は退職を選択した。

「今は聡美のそばにいる。仕事は状況が落ち着いたらなんとかする。資格を取って、また一から積み上げるよ」

保育器の手入れ窓に消毒した手を差し入れ、桜の花くらい小さな聡美のてのひらに人差し指を置きながら、克彦は静かに呟《つぶや》いた。

幸い凜子は青森県内に本社を置くホームセンター運営会社に正社員として勤めていた。県外への転勤はなく、女性の働きやすさを重視した職場で、育休から復帰する社員も多い。これまでに共働きで貯《た》めてきた蓄えもある。

――なんとかしよう。するしかない。聡美を守ろう。

身動きするたびに痛む腹部の傷を押さえ、克彦と目を合わせた凜子は、うん、と力強く頷《うなず》いた。

呼吸に乱れがある、思うように体重が増えないなど、その時々の不安はありながらも、聡美は少しずつ大きくなった。退院日を迎えてもまだ、他の赤ん坊より一回り小さかった。皮膚がとても柔らかくて、風に当てることすら不安を覚えた。

ただ、やっと直《じか》に空を見せてあげられて、とてもうれしかったのを覚えている。二人で日差しや風からかばうようにして、自宅に連れ帰った。

退院後も、聡美の体重は伸び悩んだ。

授乳の頻度を増やしても、なかなか順調に増えてくれない。もしや母乳の出が悪いのかと、試しに哺乳瓶で粉ミルクを飲ませてみるとぐんぐん飲む。

「小さく産んで、辛《つら》い思いをさせて、さらにその上、母乳も満足に飲ませてあげられない」

早産への罪悪感と病院での熱心な母乳指導は、いつしか凜子の中に完全母乳への強いこだわりを育んでいた。凜子は不安と寝不足に苛《さいな》まれ、授乳のたびに涙ぐむほど情緒が不安定になっていった。

また、聡美は体から離された瞬間に顔を歪《ゆが》めて泣き出すくらい、常に誰かに抱かれていることを望む敏感な気質を持っていた。「赤ちゃんに落ち着きがないのは、お母さんのお腹の中でストレスを感じてきたからです」と偶然目にしたインターネット上の根拠のない言説は、さらに凜子を追い詰めた。

凜子が患ったのは、妊娠四ヶ月頃から徐々に胎児の発育が悪くなる早発型の妊娠高血圧症候群だった。持病はなく、飲酒も喫煙もせず、妊娠が分かってからは仕事中もなるべく無理を減らし、安静に過ごすように努めてきた。しかし妊娠八ヶ月頃、血液検査の結果が急激に悪化し、このままでは母子ともに危険な状況に陥ると判断され、緊急入院して帝王切開することとなった。――もしかしてこの子は、お腹の中でずっと苦しかったんだろうか。だから少し離れるだけでこんなに泣くのか。聡美の泣き顔を見るたび、そんな想像に胸が詰まった。

克彦がそばにいなかったら危うい育児だった、と凜子は当時を振り返って思う。

大人が二人いたから、ほぼ二十四時間に等しい抱っこを分担することができた。そして凜子の異常な落ち込みに気づいた克彦は、「散歩がてら行ってみよう」と母乳マッサージを提供している近所の助産院へ、凜子と聡美を連れ出した。

凜子の悩みを聞いたあと、乳房にお湯で温めたタオルを被《かぶ》せて状態を確認した一回り年上の助産師は、意外そうに眉を開いた。

「お母さん、母乳はしっかり出てますよ」

ほら、と薄いゴム手袋をつけた指で乳首を圧迫されると、確かに白い飛沫が散る。

「もしかしたら必要な量を吸い終える前に赤ちゃんが疲れちゃうのかな？　体重が伸び悩んでいて、お母さんにとっても負担が強い状況だったら、授乳後に少し粉ミルクを飲ませてあげてもいいと思います。哺乳瓶の方が赤ちゃんにとって吸うのが簡単で、飲みやすいので。もう少し大きくなって体力がつけば、母乳も吸いやすくなるんじゃないかと」

凜子にとって、予想外の意見だった。母乳を出すことにばかり意識がいって、聡美の吸う力について考えたことがなかった。

待合室で聡美をあやしていた克彦と合流し、帰りの道中で助産師の意見を共有したところ、克彦は「粉ミルクも飲ませよう」ときっぱり言った。

「聡美は毎日がんばって成長しようとしてる。これ以上がんばらせるんじゃなくて、哺乳瓶の方が飲みやすいなら、そっちで手助けしてやろう」

「でも母乳の方が赤ちゃんが消化しやすいんだって……病気にもかかりにくくなるっていうし……」

「いや母乳、飲ませてるじゃない。これからもまずは授乳してから、足りない分を粉ミルクで補おうってことでしょう？　いいと思う」

それにさ、と克彦は首を傾《かし》げて付け足した。

「俺や凜ちゃんの世代は、たぶんほぼ粉ミルクで育ってるよ？」

「え？」

「だって俺、母親が弟に粉ミルクをやりながら、こっちの方が母乳より栄養があるのよ、ってうれしそうに言ってたの覚えてるもの。たぶん今とは逆で、粉ミルクの方が栄養豊富だって言説が流行《はや》った時期だったんだろうな。それでも俺たち、健康に大きくなってるじゃない」

凜子は慌てて俊子にアプリを通じてメッセージを送った。俊子は聡美の入院中になんどか見舞いに来てくれたけれど、母乳や授乳について意見を交わしたことはなかった。

自分が赤ん坊の頃になにを飲ませていたか。問いかけからほんの数分で、俊子の返事が届いた。

『粉ミルク。だってあんた、母乳いやがって飲まなかったもん』

そんなものか、と一気に肩の力が抜け、その日の晩から授乳のあとに粉ミルクを追加で飲ませることにした。

納得して決めたことだと分かっていても、はだけた胸をしまい、克彦が用意してきたミルク入りの哺乳瓶を聡美の口に含ませるのを見ているうちに、凜子の目からぽろぽろと涙がこぼれた。

消化しにくい、悪いもの。聡美にとってよくないものを飲ませているような、猛烈な罪悪感に襲われた。だって、産んだときからずっとそう言われてきたのだ。母乳がいい、母乳が一番、ホラお母さんがんばって、母乳、母乳、母乳――。

「お、一瞬で飲み切った。偉いねえ」

縦抱きにした聡美の背中をさすり、克彦はゲップを出すように促している。そして泣いている凜子に気づき、目を丸くした。

「そんな、泣かなくても」

「正常に産んであげることも、完全に母乳で育ててあげることも、できない。他のお母さんが当たり前にできることが、なんでか私には、できない」

「おっ、と」

ゲップと一緒に少量のミルクを吐き戻した聡美の口を手近なタオルで拭い、克彦はしばらく考え込んだ。ふと、苦々しい表情を浮かべる。

「いや、正常に産むのも完全に母乳で育てるのもぜんぜん当たり前じゃないんだよ、きっと。口にしないだけで、似たような悩みを抱えてる人は大勢いるんじゃない？　聡美は満腹で、元気で、凛ちゃんも血液検査の結果がよくなってきて、今、我が家に問題はなにもないよ」

「でも、母乳の方がいいって」

「少なくとも一つ、確実に粉ミルクの方が母乳よりもいいことがある」

「え？」

視線で問うと、克彦はにやっと得意げに笑った。

「俺も聡美を満腹にできてうれしい。あと、急なトラブルが起きてもこれで対応できるなって安心する」

「急なトラブルって、なによ」

「いくらでもあるじゃない。凜ちゃんの体調不良とか、急用で出かけて帰りが遅くなるとかさ。極端な話、地震とか洪水とか、そういった災害もいつ起こるかわからないわけでしょう？　そういうとき、粉ミルクはダメって言われると困るなーどうしようかなーって、実は前から思ってた」

「かっちゃんって、いつもトラブルのことばかり考えて生きてるの？」

「人生は予想外のトラブルだらけだって、もうわかったじゃない」

あっさりと口にして、克彦は眠たげなまばたきをする聡美を凜子へ渡すと、空になった哺乳瓶をつかんで台所へ向かった。


粉ミルクを追加で飲ませるようになり、聡美の体重はゆっくりながら安定して増加するようになった。退院直後は力を込めれば折れてしまいそうな心もとない体つきだったが、三ヶ月も経《た》つと肌にハリが出て、頰がぷくんと膨らんだ、いかにも赤ん坊らしい姿になった。体から離すとすぐに泣き出す敏感な気質については、家の中でもずっと抱っこ紐《ひも》に入れて親が持ち運んでいればいいのだとある日突然思いつき、いくらか対処がしやすくなった。

夫婦で交代に睡眠を取り、抱っこをし、授乳をして、家事を回す。新しい生活のリズムが築かれ、聡美は聡美の速度で育っていく。

そんななか、やけに聡美が風邪を引きやすいことが、気になった。

特に咳《せき》がひどく、解熱後も長く続いて、なかなか治らない。生後六ヶ月を過ぎた頃には、気管支炎を患って入院した。とはいえ、小さく産まれた赤ん坊にとって気管支が弱いのはそう珍しいことではないらしい。毎月のように熱を出し、咳を出しては寝込んでいる。喘《ぜん》息《そく》らしき症状も見られ、アレルギー物質を除去するために毎日の掃除と、小まめな布製品のクリーニングが欠かせなかった。

「とりあえず、今年いっぱいは俺が見てるよ。もう少し聡美に体力がついて、丈夫になったら入園させよう」

克彦は聡美の保育園入園を機に求職活動を開始しようと考え、空いた時間に少しずつ、再就職に使えそうな経理関連の資格を取得するための勉強を始めていた。当面の家事と聡美の世話は克彦が担当し、凛子は一足早く、四月から仕事に復帰することにした。

「家のこと任せちゃってごめん」

「いやいや、大黒柱さんががんばって。出張も残業も、断らなくていいからね」

年明けの、修正月齢で一歳を超える時期になれば、いくらか安心して外に預けられるようになるだろうか。そんな話し合いを、夫婦で行っていた。

まさかその年明けに新型コロナウィルス感染症が日本に到達し、猛威を振るうことになるなんて思ってもみなかった。あれよあれよという間に世の中が一変し、聡美が近所の認可外保育園に入園した四月には、全国に緊急事態宣言が出された。

喘息の気《け》がある低出生体重児を育てている親からすれば、重症化しやすい未知の感染症は心底恐ろしかった。絶対に、聡美を感染させるわけにはいかない。

地域のクラスター発生情報に注意を払い、感染対策を徹底し、克彦はできる限り聡美を自宅で過ごさせた。近所の公園やスーパーには出かけたものの、遠出はせず、人が集まる場所は避け続けた。日別感染者数が増加してからは、保育園への登園も控えた。

反対に、凜子は職場が様々な新型コロナウィルス感染症対策グッズを扱っていたこともあって、町中を飛び回る激務の日々が続いた。陽性者が出た店舗のフォローに追われ、人手が足りず回らなくなった店舗のレジや品出しの応援に入ることもあった。凜子自身も感染し、ビジネスホテルで隔離期間を過ごした。

息苦しくて不自由な二年が、あっという間に過ぎた。

スマホの知育アプリは早々に飽きられてしまった。

まだ？　ばーばのとこ、まーだー？　と退屈で落ち着きがなくなってきた聡美の気を逸《そ》らすため、凜子は絵本を読み、一緒にお絵かきをし、小声でしりとりをして時間を潰した。しかし次第に用意した手札は減り、最後の二十分は最終手段として鞄に入れておいた小さなぬいぐるみを使ったままごと遊びで乗り切った。ままごと遊びはひたすら子供が喜ぶ即興の芝居をし続けるようなもので、エネルギーの消耗が激しい。

まもなく仙台です、という車内アナウンスが、まるで天の助けのように感じられた。荷物をまとめ、停車を待ち、凜子は聡美と手をつないで新幹線を降りた。ホームに立った聡美は、つやつやと輝くエメラルドグリーンの車体に向けて、「バイバイ」とうれしそうに手を振った。

分かってはいたけれど、周囲の乗客に気を遣いながら幼児と長時間の移動をするだけで、ずいぶん疲れた。抱っこ紐に入れていた赤ん坊の時期の方が、密着さえしていれば大人しかったので、連れ歩くのは楽だった気もする。

ホームから薄日が差した仙台駅前を見下ろし、凜子はそっとため息をついた。

――ばあちゃん、もうしゃべれなくなっちゃったよ。

これから、もっと憂鬱な思いをすることになる。特養老人ホームに入居している母方の祖母の千津《ちづ》とは、もう三年近く面会していない。聡美が赤ん坊の頃に一度、克彦を連れて顔を見せに行ったきりだ。初めてのひ孫を千津は満面の笑顔で迎え、しわだらけの手でうれしそうに聡美のひたいを撫《な》でていた。

感染症が流行している間、千津が入居している老人ホームは感染予防のため、基本的に外来の面会を中止していた。日別感染者数が少なかった一時期のみ、ホームの一室からパソコンを使ったオンラインの面会が許されたらしいが、凜子の母親もその兄弟たちも、かなり長い間、直に対面することができなかった。コロナ禍以前は頻繁に行われていたホーム内でのカラオケ大会や趣味の教室、日々の外出もなくなり、千津は認知症が進行した。

親しい人が加齢や病気で変わっていく姿を見るのは辛い。凜子にとって千津は、忙しい母親に代わって自分を世話してくれた大切な人だ。毛糸を使ったあやとりや、古いリカちゃん人形で遊んでもらった。湯呑《ゆの》みに粉末のココアとほんの少しの塩を入れ、少量の湯でよく練ってから湯を注《つ》ぎ足して濃厚なホットココアを作ってくれた。一緒にたくさんテレビを見て、近所の公園に遊びに行った。

そんな彼女が言葉を失った姿を、これから見なくてはならない。あんなに喜んでいたひ孫に、ずいぶん長く会わせてあげられなかったという後ろめたさを抱えながら。気が重く、ついついため息が続いてしまう。

「あ、ばーばだ!」

仙台駅中央口改札を出た先で、母親の俊子が待っていた。デニムにライトグレーのシャツを合わせた、軽快な格好をしている。

凜子が幼児の頃に金にだらしなくて浮気性だった夫と別れ、結婚前に勤めていた食品加工会社に戻り、それから定年まで勤め上げた俊子は、周囲に強い風が吹いているような気丈で厳しい雰囲気を持っている。ごまかしや嘘《うそ》を嫌う人で、子供相手でも容赦がなかった。凜子が思春期の頃はずいぶん対立し、つかみ合いの喧嘩《けんか》をした記憶もある。

そんな俊子が、聡美を見た途端に目尻を下げて「さとちゃんおいでおいでー！　ばーばだよー！」としゃがんで両手を広げてみせるのだから、孫と祖母という関係もよく分からない、と凜子は思う。少なくとも、自分は母親にこんな対応はされたことがなかった。

きゃあっと歓声を上げて聡美は俊子の腕に飛び込んだ。誕生日やクリスマスによくプレゼントをもらっているせいか、聡美はばーばによくなついている。少し遅れて近づいた凜子が挨拶をすると、俊子は「おつかれさん」とまるで職場の同僚にでも向けるような言葉をかけてきた。

「ばあちゃんの具合はどう？」

「んー、いいってことはないけど、大丈夫よ。まだ面会まで時間あるから、先におやつを食べてから行こう。さとちゃん、ばーばとあまーいお餅、食べよっかあ」

歌うように誘い、俊子は聡美と手をつないで西口のデッキを歩き出した。面会よりも先におやつなのか？　首を傾げつつ、凜子は二人に続いた。俊子は迷いのない足どりで駅から十五分ほど歩いた先にある老舗の餅屋へ入っていく。土日には行列ができる人気店だが、平日の昼過ぎという時間帯のおかげかイートイン席が空いていた。

着席し、名物の三色餅を二皿注文する。三つ並んだ丸餅に、黒く艶やかなごま餡《あん》、爽やかな薄緑色のずんだ餡、とろみのある薄茶色のくるみ餡がそれぞれまぶされていて、とても美しい。つきたての餅はなめらかで、一口ずつ箸でちぎることができるくらい柔らかい。

ごま餅は香ばしくて甘みが強く、ずんだ餅は餡がまろやかで豆の味が優しい。凜子は子供の頃からこの店のくるみ餅が一番好きだ。甘じょっぱい醬油とくるみのクリーミーな風味が絡み合ってたまらない。聡美はずんだ餅が特に気に入った様子で、「みどりの、みどりの」と餡の部分だけしきりに食べたがった。

せっせと餅を口へ運び、温かいお茶と添え物のお新香で一息つく。

「それで、面会は何時から？」

問いかけると、俊子は腕時計をちらりと確認して「三時」と簡潔に答えた。

「最近は、そんな午後の遅い時間じゃないと会えないことになってるの？」

「違う違う。面会そのものは、朝の十時から申し込めるよ」

「ん、どういうこと？」

「今日は午後三時から、麻紀《まき》さんが生け花講座に行ってるから。邪魔が入らなくていいでしょう」

俊子の発言の意味をつかみ損ね、凜子は首を傾げた。

麻紀さん……は、俊子にとって長兄の妻、つまり兄嫁だ。

俊子は四人兄弟の二番目で、一番上に長男の勇《いさみ》、三番目に次男の豊《ゆたか》、末に二女の英子《えいこ》がいる。

母親の兄弟たちとは、凜子も子供の頃に幾度か顔を合わせた。年の瀬に祖父母の家に一族が集まった際、オセロやトランプで遊んでもらったり、なんらかのお土産をもらったりと、親切にされた記憶が残っている。大人になってからは疎遠になったが、時々消息を聞くたび、懐かしさを感じてきた。

そんな四人兄弟が五年前、彼らの父親であり、凜子にとっては母方の祖父に当たる源太《げんた》の死をきっかけに壮絶な相続争いを起こし、長男の勇と二女の英子が完全な絶縁状態に陥っただなんて、初めは冗談だと思った。

俊子によると、そもそも兄嫁の麻紀と俊子を含めた他の弟妹《きょうだい》たちは、入籍直後から折り合いが悪かったらしい。麻紀は夫の弟妹たちになんの遠慮もなく運転や雑用を命じ、小間使いのように扱う傾向があった。長男の勇は戦後に源太が興した酒屋を引き継ぐことが決まっており、他の兄弟たちは自分たちの商売や生活の手伝いをして当然、という意識が麻紀の中にはあったようだ。麻紀と顔を合わせるのがいやで、他の三人は長男の勇と距離を置いた。

長男夫妻に息子が生まれた。長女の俊子も結婚し、凜子を産み、離婚した。次男の豊が札幌で起業したなど、様々なことが起こりつつ月日が経った。源太が亡くなったとき、すでに様々な持病を抱えていた千津は自宅での生活が難しく、現在と同じ老人ホームに入居していた。

源太の葬儀を終えて間もなく、相続について協議するため、二女の英子を除く兄弟たちが久しぶりに実家に集まった。英子は東京に用事があるとかで、来なかったらしい。両親が去って空になった実家を感慨深く見回し、兄弟たちは貴重品が入った金庫を開けた。

大事な通帳が一つ、いくら探しても見当たらなかった。病床の源太が、資産として最もまとまっていて使い勝手がいいので、今後の千津の老人ホームの利用費をそこから出してほしい、と長男の勇に語り聞かせた三千万が入っているはずの通帳が、ない。

この場にいる面子《メンツ》の他に、金庫を開けられる人間の心当たりは一人しかなかった。慌てて俊子が英子に連絡を取ったところ、電話口で英子はけろりとした声で「私の分はこれでいいよ」と言ったらしい。

「お父さんの病院の付き添いもお母さんのホーム入居の手続きも、私がしたんだから、こんなものでしょう？　お店と土地と家は、お兄ちゃんお姉ちゃんたちで勝手に分けていいからさ」

地元企業でずっと事務の仕事をしていた大人しく目立たない末っ子は、インターネットを通じて知り合った都内の自称会社経営者に恋をし、「結婚したら二人の事業になるから」と吹き込まれて給料のほとんどをその男に貢いでいた。そのことを、この一件で話し合いが発生するまで、兄弟の誰も知らなかった。

要領を得ないやりとりの末、どうやら英子が悪い男に唆《そそのか》されてとんでもないことをしている、と理解した兄弟たちは、慌てて銀行に父親の死亡を伝えて口座を凍結した。

それから、口にするのも憚《はばか》られるほど壮絶な争いが起こった。最も怒りを露《あら》わにしたのは長男の勇の妻の麻紀で、「泥棒」と英子を電話越しに厳しく罵り、即座に弁護士に相談して訴訟の準備を始めた。俊子と豊は、「詐欺だ」「目を覚ませ」「とにかく一度帰ってこい」と英子を説得していたらしい。俊子のスマホには、口座の凍結を解除しなければ死ぬ、と涙声で訴える英子からの連絡が絶えなかった。

事態は思わぬところで急転した。長男の勇がある晩、珍しく英子に電話をかけたのだ。

「お前、相続税も払わない気だろう。そんなことをしたら財産を差し押さえられて、国に持って行かれて終わりだぞ。大損だ。普通に相続をすれば、お前にもちゃんと金が入る。そのあとで、好きな男とどこへでも行きなさい」

恐妻の陰に隠れ、普段はほとんど気配を消している勇のゆったりとした促しで、英子はやっと相続に応じるようになった。税理士を立て、遺産分割協議書に署名をした。それから英子は二度と仙台に戻らなかった。

一連の騒動の中、麻紀は夫の弟妹に対する不信感を募らせていたらしい。俊子と豊がなかなか英子に厳しい態度を見せなかったこと、兄弟間での裁判争いに消極的な姿勢を見せたことで、英子と結託しているのではないかと疑いを持たれたようだ。

俊子からふんわりと聞かされていた相続争いの経緯を思い出し、凜子はもう一度、母親の発言を反芻《はんすう》した。午後三時から、麻紀さんが生け花講座に行ってるから。邪魔が入らなくていいでしょう……？

「え、まさか！　五年も経ったのにまだ揉《も》めてるの？　六十過ぎのいい大人たちが？」

「揉めてないわけないじゃない。もうバッチバチよ、バッチバチ。近所に住んでるのに、勇兄さんとも麻紀さんとも、五年間、一度も挨拶どころか目もあわせてないもの」

「やめてよね、みっともないなあ……」

思わず凜子が文句を言うと、俊子は肩をすくめ、ハン、と不快そうに息を吐いた。

「母さんたちがそんな具合だから、私までイヤミ言われるんだよ」

「なんのこと？」

「ほら、コロナの前に、まだ赤ん坊だった聡美をばあちゃんに見せに行ったとき。ばあちゃんと面会していたら麻紀さんが来てさ、『いいわねえ、たまに来て赤ん坊を見せるだけで、なにかした感じになれるんだから』とかなんとか」

「言いそうなもんだわ。勇兄さんのところは、息子の輝夫《てるお》くんがちょうど就職氷河期世代で勤め先が見つからなくて、やっと入ったところもあまり待遇がよくないってんで、ずっと実家にいるからね。結局お嫁さんも見つからなかったし、色々言いたくなるんだろうさ」

「八つ当たりだあ」

「だから麻紀さんに会わないように時間を調整してるんじゃない。ホームのスタッフに麻紀さんの友達がいるらしくて、私らが行くとあとからすぐに麻紀さんが来るんだよ。さっさと帰れって感じでさ。ほら、そろそろ行くよ」

餅屋を出て、仙台駅前の駐車場へ向かう。四歳の孫のために、俊子は愛車の後部座席にレンタルしたチャイルドシートを用意してくれていた。聡美をチャイルドシートに座らせ、凜子はその隣の席に着く。美しく紅葉したケヤキ並木を通り、車は市街地を抜けていく。

広瀬川《ひろせがわ》を横目に国道を二十分ほど走った先の住宅街に、千津が入居している老人ホームがあった。駐車場の端に車を停《と》め、手荷物を持って降りる。

俊子が足を止めた理由が初め、凜子には分からなかった。俊子はホームの玄関を出てこちらへ歩いてくる、背の高い初老の男性を目で追っていた。目鼻がくっきりとしていて眉の太い、貫禄《かんろく》のある顔立ちをしている。髪はすべて白く、後頭部にニワトリの尾羽のような寝癖がついていた。それほど身なりに気を遣っていないのか、シャツがしわだらけだ。

「豊だ。おーい」

俊子の呼びかけに、男性は目を丸くして立ち止まった。

「なんだ、俊子ねえさんか。え、もしかして凜子ちゃん？」

「豊さん、お久しぶりです」

「なんだ、おっきくなったなあ。立派な大人だ」

もう三十二なのに、まるで成長期の子供に対するような呼びかけをされ、凜子は照れくささを感じた。続いて、豊は聡美に顔を向けた。

「この子は？」

「孫の聡美だよ。さとちゃん、このおじいさんはね、ばーばの弟」

「えっ、俊子ねえさんの孫？　このあいだ生まれたって言ってなかったか？」

「この時期はあっという間なんだよ」

「へええ」

不思議なものに相対したようにじっと聡美を見つめ、豊は口をへの字にしたぎこちない表情で後頭部を掻《か》くと、じゃあ、と肩をすくめて歩き去った。

「豊さん、ずいぶん久しぶりに会った。ちょっと痩《や》せたね。前はけっこう体格がよかったのに」

「子供の頃以来?」

「そうかも。——聡美、ほら、ぬいぐるみちゃんと持って。落としたら汚れちゃうよ。千津おばあちゃんにニャンニャン見せるんでしょう?」

「おばあちゃん、ニャンニャンかわいいっていうかなー」

「うーん、おばあちゃんはちょっとしゃべれなくて、かわいいとは言わないかもしれないけど、喜ぶと思うよ」

とはいえ、どうだろう。千津の状態が想像できず、凜子は胸が塞がるのを感じた。果たして千津は、ひ孫のぬいぐるみを認識することができるんだろうか。会ったところで、コミュニケーションが成立するんだろうか。不安と憂鬱で、鼓動が速まる。聡美の歩調に合わせつつ、凜子たちはホームの玄関に辿《たど》り着いた。

ふと、背後でクラクションが鳴った。振り返ると、黒い軽自動車の運転席側のドアを開けた豊がこちらに手を振っていた。なにか小さな紙のようなものを手に、小走りでやってくる。

「これ持って行けよ。前に知り合いにもらったんだ。子供が好きな場所だよ。水族館だの遊び場だの、いろいろあるんだ」

渡されたのは、「錦ケ丘《にしきがおか》ヒルサイドモール　五百円商品券」と書かれたカラフルな商品券だった。こんな場所あっただろうか。内心で首を傾げつつ、凜子は商品券を受け取り、礼を言った。豊さんはやっぱり不思議なものを見るように、じいっと聡美を見つめている。

「豊おじさんにもらったよ。子供が遊ぶ場所のチケットだって。あとで行ってみようか」

正しくは商品券なのだが、幼児がイメージしやすいように言葉を換えて聡美に見せる。すると聡美は「あそぶばしょのちけっと？」とオウム返しにして、黒豆のような瞳を豊に向けた。豊は大きくまばたきをして、聡美へ向けて低い位置でひらひらと手を揺らし、自分の車へ帰って行った。

「錦ケ丘ヒルサイドモールなんてあったっけ」

商品券を見せて聞いてみると、俊子は意外そうに眉を浮かせた。

「あんたが子供の頃に何回か行ったじゃない」

「覚えてないなあ」

「オープンしたばっかりの頃にね。みんなで行ったよ」

ふうん、と相づちを打ち、ホームの中へ入る。スタッフに促され、慌てて三人ともマスクを付けた。スリッパを履き替え、手指を消毒し、受付を済ませて千津が居住する階へ向かう。

日当たりのいい談話室が面会用のスペースとして提供されていた。スタッフに案内されてソファで待つこと数分。リクライニング式の車椅子に乗った千津が運ばれてきた。車椅子を押してきたスタッフは「面会時間は三十分です」とタイマーを俊子に渡して去って行く。

「ばあちゃん」

三年ぶりに千津と会い、凜子は言葉を失った。

前に面会したときには普通の車椅子に座っていたが、もう上半身を起こすのは難しいようだ。ふっくらとした顔立ちだったのに、頬も首も肉がすっかり落ちて、人相が変わっている。ばあちゃん、と呼びかけても、「ウーッ」と喉を震わせる声しか返ってこない。ショックだった。大切な人の外見が変わり、言葉も交わせなくなって、なんだか彼女がとても遠くに行ってしまったような心細い気分になった。

ただ、ショックを受けたことを顔に出したくはない。凜子はなるべく元気そうに響く声で、笑いながら千津に呼びかけた。

「ばあちゃん、凜子だよ。久しぶり。なかなか会いに来られなくてごめんね。聡美も連れてきたよ。前に会ったときはまだ赤ちゃんだったけど、だいぶ大きくなった。ほら、聡美、ご挨拶しよう」

聡美はあまり目にしたことがない高齢者の弱った姿に驚いた様子だった。ただ、凜子が千津に近づくと、ためらいながらもあとをついてくる。

「ほら聡美、千津おばあちゃん、って言える？」

「ちづおばーちゃん」

千津の目が凜子を捉え、続けて聡美へ向けられた。見えている。どのくらい状況がわかっているかは不明だが、二人を目で追っている。

「赤ちゃんの頃は、この子は目が俊子と同じ形だね、なんて言ってたけど、今でも母さんと似てる？」

ウーッ、ウーッと千津がうなる。なにか言いたそうだが、伝わらない。顔が動かしにくいのか、表情もあまり変わらない。

「さとちゃん、今はどのくらいだっけ。年中さん？　年長さん？」

近くの椅子に腰かけた俊子が、唐突に凜子に話しかけた。

「来年で年中さんかな?」

凜子の返事を受け、俊子は笑いながら千津に顔を近づけた。

「だってよ、お母さん。早いねえ。ちっちゃい子の成長は早いよ。もう、あっという間」

千津は俊子を見返し、再び聡美に目を向けた。俊子はスマホを取り出し、過去に凜子が送信したお遊戯会でダンスをしている聡美の動画を表示して、千津の前にかざした。千津は眩《まぶ》しそうにまばたきをして、スマホを見つめる。

「ちづおばーちゃん。ミイちゃんだよ。ニャア、ニャアニャア」

聡美は持参した三毛猫のぬいぐるみを取り出し、千津の手に触れさせた。毎晩一緒に寝ていること、お出かけにもよく連れて行くことを熱心に説明している。千津は漠然としたまなざしをぬいぐるみに向け、わずかに指先を動かした。凜子も子供の頃に大切にしていたぬいぐるみがあったね、と俊子が合いの手を入れ、思い出話に花が咲く。

「そういえば、私が俊子、妹が英子、それで、私の娘が凜子でしょう? お母さんったらしょっちゅう間違えて、私のことを英子って呼んだり、凜子を俊子って呼んだり、めちゃくちゃだったね」

「あ、私もばあちゃんに俊子とか英子とか呼ばれた記憶ある。お酒飲むとしょっちゅう呼び間違えてたよね」

「まあ、いいのか。どれか呼べば誰かが返事するんだから、たいして変わりゃしないよね」

俊子は肩を揺らして笑う。その笑い声を聞きながら、凜子はふっと肩の緊張がほぐれるのを感じた。

あれ、なんだか居間にいるみたい。

千津はしゃべれなくて、ここはただの施設の談話室で、全然リラックスできる場所ではないのだけれど、まるで記憶にある祖父母の家の居間で過ごしているような穏やかな気持ちが、ふっと凜子の胸に湧き起こった。

なぜだろう？　千津がいて、俊子がいて、自分がいる。そして聡美もいる。同じ空間で、他愛もないことをしゃべり、同じものを見ている。

ただ一緒にいる。それは会話が成立しなくてもできることだ。これまでにずっとしてきたことだ。

「おしっこいきたい」

唐突に、聡美がせっぱつまった声を出した。凜子は彼女を連れて、来客者用のトイレへ向かった。狭い個室に一緒に入って用足しを手伝っていると、トイレと廊下を隔てる扉の向こう側からスタッフ同士の会話が聞こえた。

「おつかれさま。あれ、竹田《たけだ》千津さんの面会ってまだやってるの？」

「さっきまでいたのは息子さんで、入れ違いに娘さんとお孫さんたちが来たの」

「そっかそっか。竹田さんも大変だねえ。寝たきりになってもまーだ息子さんの悩みを聞かなきゃならないなんて」

「住んでる県営住宅が古くなって廃止されるってやつでしょう？　そんなこと言われたってね」

「でもそうやって困ってるって周りにアピールして、遺産の取り分を多くしたいってことなんじゃないの？　事業に失敗して、すってんてんになって帰ってきた人なんでしょう？」

「麻紀さんも苦労が絶えないね。初めは夫が資産をぜんぶ相続するって話だったのに、いつの間にかたかられてさ」

軽い笑い声が弾《はじ》け、足音が遠ざかっていく。どうやら竹田家の兄弟たちは、この施設のスタッフの間でだいぶネタにされているようだ。凜子は複雑な気分でトイレの水を流した。

それにしても、長男の勇さんが資産をすべて相続するなんて話は、俊子から聞いたことがない。そもそも遺留分もあるのだし、そんなことが可能なんだろうか？　聞いた覚えがあるのは、勇さんが酒屋を継いだ、という話ぐらいだ。恐らくその辺りの認識の食い違いが、双方の確執を深めているのだろう。

何年経っても解決できそうにない、めんどくさそうな大岩がここにも転がっている。はあ、と凛子はため息をついた。

十代、二十代の頃は、もう少し頭の中の景色が違ったように思う。転がっている憂鬱は、手間はかかれどいつかは解決が期待できるもので、両手を使えば持ち上げられる石ぐらいの大きさだった。気の合わない恋人とは別れればいいし、理不尽なバイトは辞めればよかった。離婚だって、転職だって、人生の選択肢として考えられないものではなかった。

年を重ね、人生の様々な局面で選択を重ねるにつれ、すっきりとした解決が難しい悩みが増えてきた。悩みの内容も、自分のことだけでなく家族のこと、会社のこと、と領域が広がった。大きな岩がごろりごろりと頭の中で転がり、いつまでもそこにある。もしかして、この岩は生きている限り増え続けるんだろうか。

聡美の身支度を整え、一緒に手を洗って談話室へ戻った。面会時間を告げるタイマーは、あっという間に残り二分となっていた。初めは戸惑った千津の新たな姿にもすっかり目が慣れ、漠然と喜怒哀楽も感じとれる気がする。少なくとも今、千津が苦しんでおらず、穏やかな心地でいるのは分かる。明るく緩んだ目元の気配で、分かる。

「じゃあ聡美、そろそろ千津おばあちゃんとバイバイだから、一緒にぎゅーってしよう。

おいで」

「ちづおばーちゃん、バイバイ」

凜子と聡美で、車椅子の両側から千津を挟み、慎重に腕を回して細い体を抱き締めた。

「ヒャーッ」

やけに高い、華やいだ声が千津の喉から漏れた。

笑っている。祖母が笑っていると感じただけで急に花束でも渡されたみたいにうれしくなり、凜子も笑い返した。タイマーが鳴り、スタッフが千津を迎えに来る。

また来るね、と手を振って、三人は俊子の車へ戻った。

「実際に会うまでは不安だったんだけど、来てよかった。ばあちゃん、思ったより反応してくれていたし」

「そうそう、しゃべれないだけでね。こちらが話している内容も、案外分かってるんじゃない？」

道中はひたすら憂鬱だったのに、面会を終えた今は気持ちが軽く、明るい喜びが胸に残っていた。状況は、なにも変わらない。前よりも痩せて、明らかに衰弱していた。遠からず自分は祖母を見送ることになるだろう。でも、笑っていた。まるで目の前で重たい岩が溶け消えたような、不思議な気分だった。

「あそぶばしょのちけっと、もうつかえる？　ねーえ、あそぶばしょのちけっと！」

チャイルドシートに座った聡美が、カラフルな商品券を掲げて体を揺らした。運転席についた俊子は商品券をちらりと見て、凜子に目を向けた。

「あんたたち、帰りの時間は大丈夫なの？」

「うん。今日は特に用事ないよ。近くに子供の遊ぶ場所があるなら、聡美の運動になって助かるかも」

「じゃあ、せっかくだし寄ってみようか。私も久しぶりだわ。最近はすっかりファミリー向けになってるんだよね、あそこ」

スマートフォンに表示した住所をカーナビに入力し、俊子はゆっくりと車を発進させた。

山と田畑に挟まれた集落が広がる風景を横目に、国道を十分ほど走り続ける。芝の手入れがされた美しい丘の上にひょっこりと現れた煉瓦《れんが》造りの建物を見て、凜子は思わず声を上げた。

「あれ、ここ知ってる！　見覚えある」

「だからそう言ったじゃない」

「なんだっけ、すごくお洒落《しゃれ》なイメージ……昔は、普通のショッピングモールじゃなくてアウトレットじゃなかった？　アパレルブランドがたくさん入ってて」

「そうそう。たしか、東北初のアウトレットモールだったんだよ。そのあと、もっと交通の便のいいところに大きなアウトレットができて、だんだん普通のショッピングモールになっていったみたいだけど」

凜子はへえ、と相づちを打った。アウトレットモール。そうだ、その言葉の意味が、当時は分からなかった。

「休みの日に、豊さんが車を出して連れて行ってくれたんだ」

まだ凜子は小学生だった。休日に祖父母の家でくつろいでいたら、「みんなで行こう」と珍しく浮き足だった豊に誘われた。運転席には豊、助手席に俊子、後部座席に凜子と英子が座った。オープンしたばかりの仙台ヒルサイドアウトレットへ向かう道はずいぶん混雑していて、車がなかなか動かなかった。「もう少し人出が落ち着いてからくればよかった」「そんなこと言ってたらずっと行けないだろう」なんて前の席で口論する俊子と豊をよそに、凜子は英子とひたいをつきあわせてゲームボーイアドバンスで遊んでいた。

到着し、見慣れない美しい建物に感嘆しつつウィンドーショッピングを楽しみ、レストランで昼食をとった。帰りがけに豊は「せっかく来たんだから」と、凜子にかわいらしいワンピースを買ってくれた。そんな一日があった。

断片的な思い出を口にすると、俊子があぁ、と緩く相づちを打った。

「豊は新しい物好きだからね」

「英子さんとは、一緒にゲームをした」

「やってたねえ。小さな画面をじっと見て、二人とも目が悪くなりそうって思ってたよ」

二十年ぶりに訪れた仙台ヒルサイドアウトレット改め、錦ケ丘ヒルサイドモールは平日の午後ともあって空いていた。凜子たちの他には数組の親子連れがいるばかりで、のどかな空気が漂っている。入っている店舗は凜子もよく利用する全国チェーンの子供用品店の他、ゲームセンターや玩具店など、たしかに子供を意識した店が多い。モール内には複数の遊び場と水族館があり、休日にはモール中央の広場でイベントも催されているようだ。

かわいらしいチョコレート色の煉瓦造りの建物に子供が喜ぶ店がたくさん入っている様子は、そこはかとなくテーマパークっぽい非日常感があった。聡美はぱっと頬を紅潮させ、うれしそうにモール内を歩き回った。木製の玩具や遊具が用意された自然派の遊び場で汗だくになるまで遊び、水族館を探索する。手に吸いつく無数のドクターフィッシュに歓声を上げ、飼育されている魚の写真と情報がまるでバトルカードゲームのキャラクターのように表示された解説パネルを熟読し、水槽に近づくと顔を上げてくれる愛想のいい爬虫類《はちゅうるい》をとたちに心を奪われていた。あっという間に二時間が経過し、モール内のカフェで休憩をとった。

「たのしかったぁ」

アイスココアを飲み、聡美は満足そうに息を吐いた。大人にとっては多少の物足りなさもあるが、子供にとっては何時間でも遊べる夢のような場所だ。豊は、それを知っていて商品券をプレゼントしてくれたのだろうか。

最後に玩具店で商品券を使い、お風呂で遊べるアンパンマンの玩具を購入した。両手でその玩具を持っている聡美をスマホで撮影し、俊子は画像を豊へ送信する。豊からはすぐに「元気に大きくなってください」とシンプルなメッセージが返った。

「たぶん麻雀《マージャン》仲間に自慢するんじゃないかな。姪《めい》の子供に玩具を買ってあげたって」

「豊さん、麻雀が好きなの？」

「最近はよく、休日に同じ警備会社の人と集まってジャラジャラやってるみたいよ。みんな孫自慢をしてきてつまんないって言ってたから、さとちゃんになにかあげたかったんだろうね」

凜子は疲れたのか少し眠そうにしている聡美の頭を撫《な》で、先ほど会った豊の姿を思い浮かべた。

子供の頃はずいぶん都会的で、かっこいい人だと思っていた。見慣れない海外メーカーの車を乗り回し、いつ会っても小綺麗《こぎれい》なスーツを着ていた。

「豊さんって昔はやり手のエンジニアだったんだよね？　ずいぶん羽振りもよかったのに、なんでわざわざ待遇のいい会社を出て、いきなり札幌で起業したの？」

「ええ？　知らないよ。興味を持ったこともなかった」

ホットコーヒーに口をつけ、俊子は首を傾げて考え込んだ。

「たしかー……会社の先輩に誘われたんじゃなかったかな？　二人とも代表取締役扱いで、先輩の地元が札幌でいろんなコネがあるからって……それで、あまりうまく行かなくて、十年くらいで帰ってきたんだよね。仙台を出たかったけど、ってしょんぼりしながら」

「豊さん、仙台を出たかったの？」

「そうね、それは子供の頃からよく言ってたね。お父さんが結構息子たちに対して当たりの強い人だったから、そばにいるのがイヤだったんじゃない？」

「お父さんって、源太じいちゃんのこと？」

「そう、そう」

初耳だった。凜子の記憶の中で、源太はしょっちゅう畑を耕している落ち着いた祖父だった。一家で食事を取っているときもあまりしゃべらず、人間よりも飼っていた柴犬《しばいぬ》との方が、仲がいいように見えた。

「あの世代ではよくある話だけど、お酒が入るとずいぶん荒れたんだ。自分が乗っていた輸送船のすぐ前の船が魚雷に当たって、ものすごい水柱を上げて沈んだとか。食べるものがなくて、みんな密林の中で病気にかかってバタバタ死んでいったとか。真っ赤な顔で、そんな怖い話ばかりしてね、最後は『根性を入れ直してやる』って怒鳴り散らすの。勇兄さんと豊はなんていうか、軍隊内の部下みたいな扱いで、しょっちゅう竹刀《しない》で殴られて青あざだらけになってたよ。確か五十後半で喉の癌《がん》にかかって、酒屋だってのにお酒をやめて、勇兄さんに店を継がせて……それからだね、大人しくなったのは。知り合いから柴犬のわさびをもらって、だんだん丸くなっていった」

「えー、ぜんぜん知らなかった」

「子供にわざわざ聞かせる話じゃないしね。だから、たぶん豊は地元を離れる機会を探していたんだよ。上手《うま》くいかなかったけど」

「ふうん……」

凜子は若い頃の豊の姿を思い描いた。おそらく今の自分と同じように、頭の中にいくつもの憂鬱の大岩を抱えながら、新しいアウトレットモールに姪を連れ出し、ブランドもののワンピースを買ってくれたのだ。あのワンピースはどうしたっけ？　子供の成長は早いから、きっと二年も着られずにサイズアウトして、譲るか売るかしたに違いない。姪の子供の写真一枚で、麻雀仲間の孫自慢に張り合えるなら、役に立ててよかった、と思う。

「そういえば、じいちゃんばあちゃんの家ってどうなったの？　もう誰も住んでないんだよね」

「とっくに更地にして、アパートが建ってるよ。ばあちゃんの認知症が進行する前に税金のこととか色々説明して、麻紀さんが了解を取ってた。もともと敷地の一部に勇兄さんと麻紀さんの家があるから、アパートの管理もやってるみたいね」

「しっかりしてる」

「どうなったか見たい？　帰りに前を通ろうか」

「懐かしいな。ちょっとだけ見ようかな」

休憩を終えて車に戻り、錦ケ丘ヒルサイドモールをあとにする。しばらく国道を進み、俊子は車を川沿いの住宅街に向かわせた。


「ここだよ」

俊子が車を停めたのは古い家が並ぶ通りでひときわ目立つ、モダンなブルーグレーの塗装がされた真新しい二階建てアパートの前だった。いくつかのベランダには洗濯物が干されており、入居者の暮らしぶりがうかがえた。ファミリー向けというよりも、単身者向けのようだ。小さいながらも駐車場と駐輪場がついていて、使いやすそうな構造をしている。紺色の瓦屋根も、よく子供の頃につまみ食いをした金柑《きんかん》の木も、祖父母の家の面影はもうどこにもない。柴犬が寝起きしていた小屋も、砂利が敷かれた駐車場も、風に吹き飛ばされたみたいにどこかへ消えた。ココアのマグカップが置かれたコタツ、薄暗い廊下、祖父母や母の兄弟たちと一緒に、年越し蕎麦《そば》をすすった居間。なにもかも無くなって、今はまったく別の生活が紡がれる、見知らぬ空間になっている。

「あらやだ。ええ?」

ふいに俊子が素っ頓狂な声を上げた。彼女は目の前のアパートではなく、それに隣接する民家の玄関先に目を向けていた。そこでは一人の高齢男性が、キャンプなどで使いそうなコンパクトな折りたたみ椅子に座り、ぼんやりと通りを眺めていた。長袖のポロシャツの襟から伸びた首が日に焼けている。髪はだいぶ薄く、白髪だらけだ。

「勇兄さん。ちょっと、ねえ」

車を降りた俊子の呼びかけを受け、勇は緩慢に顔を向けると不思議そうにまばたきをした。

「……なんだ、俊子か」

「なにしてるの? ぼうっとして、具合でも悪いの?」

「ここで麻紀が帰ってくるのを待ってるんだ」

「麻紀さんを？」

「ああ」

勇はあっさりと頷いた。彼にとって、外出中の妻を玄関先で待つのはごく当たり前のことらしい。勇は俊子に続けて、凜子と聡美に目を向けた。

「どちらさんだ？」

「私の娘の凜子だよ。子供は、孫の聡美」

「ああ、そうだったかあ」

ゆったりと相づちを打ち、勇はじっと聡美を見つめた。

凜子は、思えば勇とこんなに近く接するのは初めてかもしれない、と新鮮な驚きを感じていた。物心ついた頃には勇はすでに麻紀と結婚していて、弟妹たちと疎遠になっていた。年の瀬に他の弟妹が、年始に長男一家が母方の実家に顔を出すのが暗黙のルールのようになっていて、勇や麻紀とは出会っても会釈程度ですれ違うことが多かった。

「いも」

「え？」

「いも、掘っていけ。じゃがいも。うまいぞ。子供の栄養になっから」

ぼそぼそと促し、勇は座っていた椅子を畳んで立ち上がった。玄関を開け、薄暗い家の中へ入っていく。

「来い、ほら」

「えっ、いいの？　勝手に上がって麻紀さん、怒らない？」

「ばれたら、俺が代わりに怒られるさ」

「ええー」

どうしようとばかりに一度凜子へ振り返り、俊子はおずおずと勇のあとに続いて長男一家の家に入っていった。凜子も、聡美の手を引いてそれに続いた。

昔ながらの家らしく、日中は自然光だけで十分と考えているのか、室内は電気がついていなかった。小物が多く、しかし使い勝手がいいように整頓されていた祖父母の家とも、シンプルにごちゃついていた俊子の家とも違う、余計なものを置かない、というルールが徹底された、清潔な家だった。静かで、どことない安心感がある。勇は居間を歩いて掃き出し窓を開けると、サンダルを履いて家屋の裏手にある六畝ほどの家庭菜園へ向かった。

「孫の子、おいで。スコップやるから、ここを掘ってみな。芋がごろごろ出てくるぞ」

勇は生い茂ったじゃがいもの葉を掻き分け、聡美を招いた。聡美は凜子が玄関から持ってきた靴を再び履いて、勇のそばにしゃがんだ。見よう見まねで軟らかい土を掘り、ごろりと転がり出た大きな芋に歓声を上げる。

「おいも！　おっきいのあった！」

「大きいだろう。もっと掘れ、もっと掘れ。たくさん持って帰って、煮っ転がしにしてもらえ」

「さと、ポテトサラダがいい」

「ポテトサラダか。そりゃいいや」

聡美が掘り出した芋の土を払い、勇はそれをポリ袋に入れていく。

「母さんの若い頃に似てる。目の垂れ具合が、そっくりだ」

そう眩しげに目を細め、何度も聡美の顔を覗《のぞ》き込んでいた。


「勇さん、本当に麻紀さんのことが好きなんだね。最後、また椅子を開いて玄関先に座ってたよ」

まるでスーパーの前で飼い主を待ってる犬みたい、と揶揄《やゆ》する言葉が舌に乗りかけ、しかし凜子はそれを飲み下した。そういった表現はとても物事を単純化する一方で、重要な要素を大きく取りこぼし、より一層わからなくさせる。そんな予感が、今日一日で芽生えつつあった。

仙台駅へと車を走らせながら、ううん、と俊子は煮え切らない様子で、首を左右に傾けた。

「まあ、勇兄さんはきっと、麻紀さんがいないと保《も》たない……保たなかった部分が、あるんだろうね。今も、これまでも」

「これからは、勇さんや麻紀さんと仲良くするの？」

「しないよ。そんな簡単にはいかない。たとえばばあちゃんが亡くなって、相続の残りをどうするって話になったら、勇兄さんは今日とは違う感じで、自分の意見は言わずにひたすら気配を消して、麻紀さんに自分の代わりに喧嘩をさせるような、ずるくて子供っぽい性質を出してくるよ。もう、わかってるんだ」

「そっか」

俊子はずっと、歯でも痛むようなぎこちない顔をしている。やがて深く息を吐き、信号待ちの間にちらりと後部座席を振り返った。自分が掘った芋が入った袋をぎゅっと抱えて寝落ちした孫を、愛《いと》おしげに見つめている。そして、唐突に凜子に目を向け、茶化すような口調で言った。

「そういえば、相変わらずあんたの夫は無職なの？　いい加減に働かせなさいよ。甘やかしてたら、ろくなことにならないよ」

ごろり、と重い岩が頭の内側で転がる。息苦しさが込み上げ、凜子は目を伏せた。

身動きがとれなかったコロナ禍の間にいくつかの資格を取得し、まん延防止等重点措置の解除を待って再び聡美を保育園に預けた克彦は、求職活動を再開した。

男性で三年以上のブランクがあり、その間は専業主夫だった。そんな克彦の経歴は様々な場面で軽んじられた。ハローワークでは、いくら取得した資格を生かしたいと伝えても「事務職は育休から復帰したお母さんたちの仕事ですから」と年配の職員に諭すように言われ、警備会社とタクシードライバーと引っ越し会社の求人ばかり繰り返し紹介された。

幾度か足を運び、ようやく会話が嚙み合う職員と巡り会って複数の企業に応募したものの、今度はなかなか面接が通らない。

先週の、一族経営の中小企業の面接は本当にひどかった。その会社は、子育てと仕事の両立をサポートする先進性を謳《うた》い文句にしていた。管理職として残業が増えていた凜子の代わりに保育園の送迎を滞りなくこなせるよう、克彦は時短での勤務を希望していた。

書類選考、第一次面接、第二次面接と通過し、期待して臨んだ最終面接でやってきた初老の女性経営者は、部屋に入るなり克彦を嘲笑した。

「変な経歴の人が応募してきたって聞いて、見に来ちゃった」

「三年間も家でなにしてたの？」

「専業主夫とか、身の回りで聞いたこともない。奥さんに申し訳ないと思わないの？」

「男なのに時短って冗談でしょう」

「あなたみたいな人が女性の活躍を阻害するの」

経営者の太鼓持ちのような管理職の女性が、その通りです、まったくその通りです、信じられない、とリズムよく合いの手を入れる。もう一人、その場にいた克彦よりも数歳年上の人事担当だという男性社員は「それぞれのご家庭でいろんな事情がありますから」となだめようとしたが、女性経営者の勢いは止まらず、罵倒は一時間に及んだらしい。

凜子がもっともショックを受けたのは、克彦のことをまるで女性の社会進出の妨害者のように言われたことだった。凜子が必死で仕事を回す間、同じく必死で聡美の食事を用意し、家を整え、感染を予防しながら運動させ、夜泣きに対応し続けたのは克彦だった。それを、いともたやすく笑われた。

もちろん不採用だから、と憂さ晴らしのように言い捨てて女性経営者とその太鼓持ちが退出したあと、部屋に残った男性社員は困り顔でコーヒーを出してくれたらしい。

「うちは社長の一存ですべて決まるんだ。せっかく来て頂いたのに申し訳ない。大原さんみたいな経歴の人は、うちみたいな創業何十年って古い会社じゃなくて、もっとできたばかりの新しい会社に行った方がやりやすいと思いますよ」

そのアドバイスを受け、克彦は求職活動の方針を少し変えた。そして今日、再び面接に臨んでいる。

正直なところ、克彦の求職活動のことを思うだけで、凜子は動悸《どうき》がして視界が暗くなる気分だった。しかし当の克彦は特に表情を変えることなく「俺が前にいた会社にもそういう風潮はあったもの。いちいち気にせず、次を受けるだけだよ」と出かけていった。ただ、もちろんいい気分はしないのだろう。夜に血圧の薬を飲むようになった。

ごろりごろりと頭を軋《きし》ませる憂鬱を抱えながら凜子は仕事をし、克彦は求職活動を行い、その上で、毎日の家事と育児をこなしている。

「夫が私に甘えたことなんて無いよ。いつだって二人で決めてる。よく知らないのに、変な言い方しないで」

強く硬い声が出た。俊子は鼻白んだ顔で、あっそう、と呟き肩をすくめた。

口にしてから、凜子の胸には苦い後悔が湧いた。俊子がこういう性質を持っていることはとっくの昔から分かっているのに、むきになってしまった。

いつだっただろう。叔母の英子と一緒にゲームをしていたとき、母親と叔母の学生時代の話を聞く機会があった。

「姉さんは美人だし、成績もいいし、いつもモテてたよ。ハキハキしてて優秀だって来客対応をした取引先の社長に見込まれて、その会社に引き抜かれるぐらいだもの。なんでもできる人」

そう口にしながら、英子の目がゲーム画面から上げられることは一度もなかった。

俊子は器用だ。口が達者で、仕事もできる。自分の力で人生を切り拓《ひら》いてきた、という自負を強く持っている。そのせいか、自分から見て成果を上げていないように見える他者を、努力不足の怠け者と侮る傾向がある。

しかし俊子は、聡美のチャイルドシートを事前にレンタルして今日に備え、和菓子屋に娘たちを連れて行き、一日中なんの文句も言わずに運転役を引き受けている。感謝と嫌悪がマーブル模様を描き、凜子は軽い眩暈《めまい》を感じた。親族といるといつもそんな感覚に陥る。分かってほしい、分かってもらえない。親切にしたい、親切にできない。母方の一族について知る間も、そんな混濁した心地になることが何度もあった。とても近い距離にいるのに、まったく異なる予想外の憂鬱が、それぞれの頭の中に転がっていて、思いがけない方向にその人を振り回している――。

「揉めて、当たり前なんだ」

むしろ母とその兄弟たちにそろって可愛《かわい》がられた自分の幼少のある一時期が特殊だった

のだ。それぞれの憂鬱がぶつからず、一輪の花のような親切だけを差し出し合える、とても恵まれた時期に居た。

「母さん、みっともないって言ってごめんね。誰が悪いとかじゃなくても、起こるわ、揉めごと。今日、やっと分かった」

運転席の俊子は前方を見たまま緩く首を傾げ、ピンとこないと言わんばかりに、ハン、と呟き肩をすくめた。

仙台駅前の土産物店で、俊子は克彦の好物の牛タンと、凜子が好きな「萩《はぎ》の月」を買って持たせてくれた。それ以上は貰《もら》いもののじゃがいもが重くて持つことができなかった。

「お見舞い不安だったけど、楽しかった。ありがとう」

「うん、楽しむ気分でくるのがいいよ。その方がばあちゃんも喜ぶよ」

「さと、もっかいすいぞくかんいきたい」

「さとちゃーん、ばーば待ってるからね。次は天文台や温泉にも行こう！　ばーばのおうちに泊まりにおいで」

「いくっ」

はしゃいでいる祖母と孫を見守るうちに、新幹線の予定時刻が近づいてきた。

「じゃあ、そろそろ行くね。そっちも元気で」

背を向けようとした凜子を、俊子が「あのさ」と呼び止めた。

「いいところだけ覚えておいてよ」

「え？」

「あたしらも年をとる。たぶんこの先も喧嘩してるし、体力が落ちてどんどん余裕がなくなって、下の世代からみっともなく見えることもたくさんして、言っちゃうと思うんだ。でも、心の底ではいいものだけ渡したいって思ってるよ。本当だよ。たぶんじいちゃんもばあちゃんも、他の兄弟たちも、同じことを言うよ。みっともない部分は、相手にしないでいいから」

よく練られた塩入りのココア。ほんの数年しか着られない子供向けのワンピース。発売されたばかりのゲーム機を差し出し、遊ぼうか、と誘う顔。チャイルドシートを設置する手。車のダッシュボードから探し出された商品券と、掘り起こされたたくさんの芋。

子供の頃に祖父母の家の居間で食べた年越し蕎麦は、おいしかった。畳に寝転んで紅白歌合戦を眺めている誰もが眠たげで、くつろぎながらそこにいた。きっとあの場にいた親族の誰一人として、それを特別な時間だとは思っていなかっただろう。けれど凜子はよく覚えている。幸福な時間だったから覚えている。

結局その人が去ったあとには残るのは、他者に渡せた幸福だけなのかもしれない。凜子は静かに頷いた。

「……わかった」

「克彦くんに、体に気をつけてって、伝えて」

「うん」

手を振って母親と別れた。新幹線改札に入ってから振り返ると、まだ俊子は同じ位置に立っていた。相変わらず、周囲に強い風が吹いているような、両足に力のこもった立ち姿だった。

じゃがいもの重さに喘《あえ》ぎながら聡美の手を引き、ホームで乗車待ちの列に並ぶ。ふいに凜子のスマホが小さな電子音を立て、メッセージが届いた。

俊子がなにか言い忘れたのか、と画面を見る。するとそこには「大原克彦」の四文字があった。

ああ、今日の面接が終わったのだ。その感触を送ってくれたのだろう。胸が苦しい。頭の内側で、ごろごろと大きな岩が転がる。

だけどたくさんの岩の隙間をぬって、花を差し出してくれた大人たちがいる。

祖父母の家は消えてしまったけれど、たくさんの小さな花がまぶたのうらに残っている。

先を行く人々と同じように、私たちもそうやって生きていくのだ。

深く呼吸し、凜子はスマホのディスプレイをタップした。

風になる

二〇二一年十一月八日、昼過ぎの仙台発、東京行きの新幹線のグリーン車は空《す》いていた。秘書の筒井《つつい》にうながされて窓側席に腰を下ろすなり、相庭知子《あいばともこ》は革製のトートバッグからスマートフォンを取り出した。ディスプレイを点灯させ、メッセージの受信通知をタップする。

移動中のタクシーで、支援者と通話している最中に届いたメッセージだ。受信の際に送信者である夫の名前がちらりと見えたものの、その後も電話が相次いで、内容を確認する時間がとれなかった。三日前の軽い口論と、朝方にそっと抜け出した自宅の静けさを思い出しながら、メッセージアプリを起動させる。

画面が切り替わってすぐに、夫の信治《しんじ》から送られてきた、一スクロール半にも及ぶ長い文章が表示された。

いわく、もう知子の政治活動を支える気力が折れたこと。

昔のあなたはそんなに傲慢ではなかった。有権者を軽んじる政治屋を応援するために俺は自分のキャリアを手放したわけじゃない。日本を住みやすい国にしたい、あらゆる人にとって生きにくさがなくなる社会を作りたいと言っていたのに、今のあなたは選挙のことしか考えていない。子供たちも、あなたの家と関わっていたらいつ選挙に担ぎ出されるか分からない。離婚も視野に入れている、等々。

容赦のない批判の弾幕を呆然《ぼうぜん》と見つめ、知子は目元を押さえた。どうしてこんなことになったのだろう。

ふと、こうばしい焼き肉の香りが鼻先をくすぐった。

匂いに誘われて顔を上げると、隣席の筒井が先ほど仙台駅で購入した牛タン弁当の蓋を開いたところだった。いつの間にか知子の目の前の背面テーブルにも、同じ弁当と烏龍《ウーロン》茶のペットボトルが並べられている。

「相庭先生、弁当が冷めちゃいますよ。せっかくできたてを買えたんだから、早く食わないともったいないですよ」

知子よりも一回り年上で二十年以上政界に関わってきたベテラン秘書の筒井は、ぱちんと両手を合わせて「いただきます」と宣言すると、口を覆っていたマスクを引き下げ、勢いよく弁当をかき込み始めた。いつも通り五分で食事を済ませ、溜《た》まった仕事を進めるつもりなのだろう。エネルギッシュで、決断も動作も速い。政治の世界によくいるタフなタイプだ。

そうだ、いつもなら知子も筒井と同じ速度で仕事を進めている。少なくとも、スマホを握って考え込む時間なんてない。

とにかく今は早く昼食を済ませ、永田町《ながたちょう》に戻った後のプランを立てなければ。家庭のトラブルで悩んでいる場合ではない。前の任期で恩を売った相手、借りを作った相手の一覧を思い浮かべ、そこに今回の選挙結果を重ね合わせて挨拶に行く順番を考える。

スマホをしまい、知子はマスクを外して弁当の蓋を開けた。切れ込みが入った肉厚の牛タンが下に敷かれた白米が見えないくらいたっぷりと盛り付けられている。たまらず割り箸を割り、脂でつやつやと光る牛タンを口へ運んだ。弾力のある肉は嚙《か》めば嚙むほど肉汁があふれ、口の中がうまみでいっぱいになる。

「おいしっ」

思わず口を押さえて呟《つぶや》くと、隣に座る筒井が笑った。

「ねえ。なによりのご褒美ですね。選挙に勝って食う、ちょっと豪華な駅弁が一番うまい」

「本当にそう。会食なんてどんなにいいものが出ても、仕事の話をしながらじゃろくに味なんて分からないし……ああ、しそ巻きも甘じょっぱくておいしい。くるみが入ってる」

「南蛮味噌漬《みそづ》けもいいですよね。ぴりっと辛くて、牛タンの脂っけとよく合う」

「ビール飲みたいねえ」

「東京に着いたらすぐにネットメディア局の会議。夜は派閥の会合です」

「ですよねえ」

筒井とにこやかに歓談し、今後の戦略を練りながら、知子は頭の隅で、信治への返信を考え続ける。


不安の多い選挙だった。

知子が所属する与党は、新型コロナウィルス感染症対策について国民から厳しい批判を受けていた。病床は依然としてひっ迫しており、夏から秋にかけては自宅療養者が急増し、自宅で亡くなる人も出ていた。緊急事態宣言下で開催され、開会式を始めほとんどの競技が無観客で行われたオリンピック、パラリンピックは閉会後も賛否が分かれたままだ。知子の支援者からは、東京オリンピックは東日本大震災から立ち直った被災地の姿を世界に示す復興五輪であったはずなのに、いつの間にか打倒コロナのシンボルへと意味合いがすり替わってしまった、と嘆く声もあった。

そもそも一年半もの間、感染拡大に伴う移動制限や自粛要請に翻弄され、思うような政治活動ができなかった。支援者との交流が不足し、地元の声が聞けなかった。

なにが起こるかわからない。そんな焦燥感に炙《あぶ》られながら、知子は必死で二週間の選挙戦を駆け抜けた。朝から晩まで街頭に立ち、演説をし、握手を求め、そこここで自分の名前を叫び続ける。あいばともこ、あいばともこでございます。美しいふるさとを守りたい。生活を、仕事を守りたい。そう、心から思っています。みなさまのために働かせてください。

知子の父親で、党の要職を務めた大物政治家・相庭重道《しげみち》から引き継いだ地盤を、たった一期で失ったらどうしよう。選挙期間中は恐ろしい夢にうなされて飛び起きることも珍しくなかった。

投票が締め切られた午後八時、すぐに当選確実の速報が出て、体中の力が抜けた。よかった。託されたものを守り、無事に二期目につなぐことができた。

メディアの取材を受け、世話になったスタッフや支援者たちに礼を述べ、事務所の撤収作業を行って、深夜に自宅へ戻った。

五歳と七歳の子供たちはとっくに眠っていた。リビングでは夫の信治が一人、しぼった音量で選挙特番を眺めていた。

「おかえり。おめでとう！」

両手を広げて迎えてくれた信治と笑顔で抱き合った瞬間、知子は自分が政治家であることをしばし忘れた。シャワーを浴びて部屋着に着替え、夫が残しておいてくれた夕飯のロースカツと千切りキャベツ、カボチャサラダをつまんでビールを飲む。

勝利して食べる手作り料理はおいしかった。会食で酒を飲むのはしょっちゅうだが、酔うことを自分に許すのも、久しぶりだった。テーブルを挟んだ向こう側では、苦楽をともにする伴侶が同じくビール片手に笑っている。

よかった、と思わず口からこぼれ出た。

選挙で勝てて、本当によかった。

不安が大きかったけれど、有権者から選んでもらえて本当によかった。

「党の方針について街頭で厳しい声をいただくことも多かったし、今回はもしかしたらダメかもしれないって思ったよ。やっぱりトップが替わると、禊《みそ》ぎじゃないけどさ、よくない印象もいったん水に流してもらえるね。あとは党じゃなくて私を見てくださいって、ひたすら街を駆け回って握手し続けた。スニーカーを三足履きつぶしたよ」

「コロナはこれまでに誰も体験したことがない未知の問題だったから、さぞ振り回されただろうね」

おつかれさま、と温かいねぎらいとともに、信治は肩を叩《たた》いてくれる。

知子の出馬のきっかけは四年前。父親の相庭重道が急死したことだった。

その半年前に下の子供を産んだばかりだった知子は産休中で、たまたま実家に滞在していた。真夏の朝、重道はいつも通り駅前に立って出勤する人々を見送ろうと、洗面所で支度をしている最中に突然倒れた。くも膜下出血だった。

二十年ものあいだ地域を代表してきた政治家を突然失い、家族だけでなく関係者の誰もがパニックに陥った。地元紙は一面でその死を報じ、葬儀では弔問客の列が深夜まで途切れなかった。

政治活動が忙しく、ほとんど一緒に過ごせなかった父親。本人より町中に貼られた顔写真入りのポスターの方が会いやすかった父親。いかにも昭和の親父《おやじ》といった風情がある、厳しくて重い、ごつごつした岩のような近寄りがたさを感じさせる人だった。悲しみよりも、あんなに強靭《きょうじん》な人が病気であっさりと亡くなるのだ、という驚きの方が強かった。

葬儀を終えて一段落した頃、父親の高校の同級生で、長らく後援会会長をしてきた磯崎《いそざき》という男性が困り顔で自宅を訪ねてきた。三ヶ月後の補欠選挙で、知子に父親の後継として出馬してほしい。そんな、寝耳に水の申し出をされた。

早くに地元を出て東京で起業した知子の兄には「政治家なんて割に合わない仕事を継ぐ気はない」と過去にきっぱりと断られたらしい。知子は選挙のたびに事務所のスタッフとして駆り出され、周囲への気配りで疲弊して帰ってくる母親を案じ、幾度か電話での投票依頼やビラ配りを手伝っていた。法学部卒で、卒業後はずっと地元の新聞社に勤めていた知子の方が、兄よりも後継として見込みがあると思われたようだ。

政策と選挙、双方に強いベテランの秘書をつける。後援会もしっかりバックアップする。どうか相庭先生の志を継いで地域を守ってほしい。横でその話を聞く母親は、ずっと頭痛でもこらえているような複雑な顔をしていた。

将来はお父さんの後を継ぐの？　子供の頃から、なんど周りの大人に聞かれたことだろう。

絶対ヤダ、大変そうだもん。そのたびに知子は笑って肩をすくめてきた。

実際、父親は大変だった。週末に選挙区に戻ってきても家にはまるで帰ってこず、家にいたとしてもしょっちゅう電話がかかってきて、くつろいでいる様子はなかった。近所のショッピングモールや水族館、そんな身近な遊び場すら、父親と一緒に出かけた記憶はない。個人の時間が失われるだけでなく、政治活動にはお金がかかり、不足する分は地主だった祖父の土地を少しずつ手放していると聞いていた。

うなずいたら、先の道には苦労しかない。予感はたしかにあった。

それなのにどうして自分はあのとき、磯崎の申し出を受けてしまったのだろう。

「選挙中も相変わらずいろんな人から、先代はこうだった、ああだった、もっとうまくやっていたって比べられて辛《つら》かった。先代には貸しがあるって、知らない人に詰め寄られて無茶な陳情をされることもあった。一つ一つ、秘書さんたちと相談しながら対処していったよ。いろんな集まりに顔を出して、ご指導よろしくお願いしますって頭を下げて……与党はなにをしてるんだって怒られても、めげずに足を運び続けた。先輩議員に言われたんだ。新人は政策をどうこう言う前に、とにかく街に出て一人でも多く握手してこい、握手した数しか票は入らないぞって」

日頃の心配ごとを脇に置いて、夫婦で晩酌をするのは久しぶりだった。なにしろ選挙に勝った夜なのだ。二本、三本とビールが空き、知子は胸に溜まったものを吐き出すようにしゃべり続けた。過去に同じ新聞社の文化部で記者をしていた信治は人の話を聞くのがうまく、ほどよい相づちを打ちながら酒を注《つ》ぎ足してくれる。

「なんだか、昭和のどぶ板選挙のままだねえ」

「今もまったく変わってないよ。とにかく人が集まる場に出席して、挨拶して、同じ空間にいるってアピールするのが大事なんだ。何回も何回も会って、私という政治家に親しみを感じてもらう。真面目にやりますって何度も伝える。すると、だんだん応援してもらえる空気ができていくから。コロナが流行して、お祭りや集会がなくなったときはどうしようかと思ったけど、直《じか》に会えない分、支援してくれる人に手紙を書いたり、電話で困りごとを聞いたり、オンラインで集会を開いたり……行動が制限されるなか、やれることはぜんぶやった」

ひたすら人前に顔を出す。名前を売る。政治界隈《かいわい》ではいろはのい以前の、当然の考え方だ。

「金帰《きんき》火来《からい》」と呼ばれる慣習がある。衆議院議員は、国会での審議が終わった金曜の夜に急いで永田町を出発し、選挙区へ戻る。週末は街頭活動や支持者への挨拶回りを行い、結婚式や葬式など、ありとあらゆる集会に出席して、有権者と交流する。地元の声をすくい上げ、火曜日の朝に国会に出席するため、再び永田町へ戻る。

議員に休日はない。少なくとも知子は先輩議員からそう教えられ、愚直にその教えを実践してきた。子供たちの寝顔しか見られないことも、夫婦の時間どころか自分の時間すらろくに持てないことも、そういうものだと思ってきた。

政治活動をしていれば、時に街頭で有権者から怒鳴られることもある。母親のそんな姿を見せるのは、子供たちがもう少し大きくなってからにしよう。そうした配慮もあって、信治と子供たちは知子の仕事に関わっていない。支援者とともにもがき続け、なんとか二期目に辿《たど》り着いた。それを、夫に褒めてもらいたい。

信治はゆっくりとしたまばたきを刻み、ああそうだね、と頷《うなず》いた。そこはかとない反応の鈍さに、知子はもどかしさを覚える。信治は与党の圧勝を伝える賑《にぎ》やかな選挙特番をちらりと眺め、ふたたび知子に目を戻した。

「でも、知子が再選したのは、支援者との交流に力を入れたからってだけじゃなくて、やっぱり政策が受け入れられたからじゃないの。震災復興、コロナ対策、地方創生は、まあどの政治家も言っていることだけど、子育て支援に力を入れて、若者が暮らしやすい街を目指しますって。そこが有権者に評価されたなら、希望を感じるなって俺は思っていたんだけど」

「ああ、そうだね。もちろん、そこに関心を持って投票してくれた人もいると思う。応援してもらえて、ありがたいよ」

ただね、と言いよどみ、知子は眉をひそめた。

「政策を見て投票してくれた人たちって、もしもその政治家と意見がずれたらすぐに離れて行ってしまう人たちだから、そこまで頼りにできないんだ。やっぱりそういう意味でも、一緒に乾杯とか盆踊りとかして、私やうちの党に投票するのが当たり前、みたいな空気をちゃんと作っておくのが大事で。そういう人たちって、ちょっと意見が違うときや党に逆風が吹いてるときでも、離れずに応援してくれるから」

「空気」

「そう、空気」

自分を応援してくれる地盤を作り、手入れをし続ける。言うは易《やす》しだが、大変なことだ。しかし説明すればするほど、信治の表情は曇っていく。

「なんだか、政策について意見を持つ有権者をあまり歓迎していないみたいに聞こえるなあ」

「まあ、党の偉い人のなかには、無党派層は選挙に関心を持たないで、投票に来ないでほしいって考えている人もいるみたいだけど。私はそんな風に思ってないよ。政策で選んでもらえるのはうれしいし、期待に応えなきゃって思う。とはいえ、子育て政策とか若者の暮らし改善とかは票にならないから、打ち出し方を考えないと」

「票にならない」

信治は苦々しく呟いた。

「票にならなくても、急いで向き合わなきゃいけない社会問題はたくさんあるだろう？子育て政策、大事だよ。俺も、ワンオペしんどいもの」

「そこはお義母《かあ》さんを頼ったり、パパ友を作ったりしてなんとかしてよ。私は今は家のことより、もっと大きな国のことをやるしかないんだから」

「ともちゃんも、いつの間にかずいぶんしっかりと、政治家になったね」

知子は夫がなぜそんなことを言うのか、わからない。自分は当たり前のことしか言っていない。

同じ会社に勤めていた頃は、もっと信治の考えていることがわかった気がする。だけど議員になってから、夫婦で話し合う機会はめっきり減った。せいぜいひと月に一度、宴会を早めに抜け出して帰宅できた夜に話すくらいだ。それも大抵は、子供たちの生活周りの話になる。

信治は席を立ち、手元の皿やビールの空き缶を片づけ始めた。

「明日、子ども会の芋掘り遠足なんだ。支度もあるし、先に休むよ。ともちゃんも、明日は朝から駅前で挨拶するんだろう？　早めに風呂に入って、よく休んだ方がいいよ。お湯は沸かしてあるから」

「う、うん。ありがとう」

寝室に入りかけてふと、こちらを振り返った信治は、「当選おめでとう」と穏やかな声で言った。

それから二日間、選挙区には居たものの、朝から晩まで街頭活動と選挙に協力してくれた支援者への挨拶で忙しかった。二日目の夜は早めに戻り、なんとか眠る前の歯磨きをしている子供たちを抱き締めることができた。急いでシャワーを浴び、子供たちに挟まれて布団に入り、芋掘り遠足の話を聞かせてもらった。一番大きなサツマイモはママに食べてほしいから東京に持って行ってね、と言われ、今も大切に鞄《かばん》の中に入れてある。

なんて返事をしよう。

早めに読んでおかねばならない経済対策の資料を目で追っても、先ほど届いた夫からのメッセージが気になってまるで頭に入ってこない。だって、このままでは離婚されてしまう。

戻りましたあ、と間延びした声を上げ、トイレに行っていた筒井が席に戻ってきた。頭を抱えた知子を見て、不思議そうに首を傾《かし》げる。

「その資料、そんなにめちゃくちゃなこと書いてありました？」

「違うんです。ちょっと……プライベートでトラブルがあって」

「はあ」

一人で悩むことに疲れ、知子はぎこちなく口を開いた。ずっと選挙区で家を守っていた夫から、離婚を切り出されたこと。選挙のことしか頭にない政治屋だと思われていること。あまり夫婦で話し合う時間が持てないまま年月が過ぎ、次第に彼がなにを考えているのかよくわからなくなったこと。

普段あまり筒井とプライベートな会話をすることはなく、説明には照れがともなった。しかし筒井は、まるで仕事上のトラブルについてヒアリングしているようなあっけらかんとした顔でそれを聞き、話が終わると眉をひそめて苦笑した。

「政治家あるあるですねえ」

「あるあるなんですか」

「あるあるですよ。バツイチの先生方、山ほどいるじゃないですか。特にちょっと若い世代かな。若いっつったって三、四十代ですけど。平日は国会、週末は選挙区の二重生活がやっぱり色々と難しくするんでしょうね」

「若い世代のあるあるってことは、上の世代の人たちはなにか夫婦仲を維持するうまい方法を知っていたんですかね」

「いやまさか。さらに上の世代の先生方はほら、地方の有力者が政治家になったってパターンが多いでしょう。で、奥様は大体、地元の名家の娘さんですよね。亭主元気で留守がいいの時代ですし、二重生活だろうと家のことは放りっぱなしだろうと、名家の娘さんは文句を言わないように教育されてる。みんなそういうものだと思っていただけですよ」

「ああ、思えばうちも、似た感じでした。父親はいつもいなくて、母親は、お父さんは国のために頑張ってるんだからって、そればっかりで」

口下手で大人しく、けっして社交的な性格ではないのに、議員の妻として地域でプレッシャーを感じながら生きていた母親の姿を思いだし、知子は苦い気持ちになった。

滅多に帰ってこない父親が、実は銀座《ぎんざ》でホステスをしていた女性と愛人関係にあり、議員会館ではなく彼女のマンションに寝泊まりしていたことを知ったのは、自分が議員になってからだ。党内ではよく知られた、そしてありふれた話だった。あまりにグロテスクで、今も母親には言えていない。父さんもつきあいでクラブとかは行ったみたいね、程度に留《とど》めてある。

重道の不倫について、彼の秘書を務めていたこともある筒井はもちろん知っている。筒井は咳払《せきばら》いをし、それにしても、と話題を変えた。

「議員が選挙にこだわることを責められると、悩みますね」

「ですよね……落選したら、ただの人ですから。しっかり仕事をするために当選したくて、必死になるのに」

とはいえ知子自身、そう感じる信治の視点に覚えはあるのだ。

議員になる以前は知子だって、選挙前に有権者の機嫌を取るかのようなバラマキ政策を行ったり、多数派である高齢者層に受けのよさそうな政策をあえて打ち出したりする政治家を軽蔑していた。国のために尽力するまっとうな政治家なら、放っておいても自然と評価されるはずで、政治家が選挙に拘泥《こうでい》する姿は滑稽だと思っていた。街宣車はうるさいし、街頭演説はうっとうしい。選挙に傾ける力があるなら、国の運営に傾けるべき。そんなことだから信頼されないんだ、と批判的に彼ら彼女らを眺めていた。

今は到底、そんな風には思えない。選挙での当落には天地の隔たりがあり、さらに言えば同じ当選でも、小選挙区で当選したか、それとも比例で復活当選したかでは党内での影響力に大きな差が生じる。「自然と」集まってくる夢のような票など存在せず、自分はこれまでになにをやったか、今後はどうしたいと考えているか、有権者に向けた丁寧な説明とアピールは欠かせない。そのために大枚をはたいて事務所を構え、人を雇い、自分の顔と政策を並べた大量の印刷物を町中に配る。連日行われる様々な団体の会合に顔を出し、懇親会にも参加する。もちろんその都度、会費を払う。自分の名が一度でも多く投票用紙に書かれることを願い、朝から晩まで奔走する。

そんな泥くさく地道な活動の末につかんだ当選を重ねることで、ようやく党内での足場が形成され、人を集め、自分が目指す政策の実現に向けて動き出すことができる。こうした構造を考えれば、政治家は必死で当選を目指すしかない。

ただ、信治の視点から遠ざかったように感じるのは、それだけ自分が業界に染まったということなのだろう。新人である以上、早く周囲に認めてもらえるように頑張ろう。先輩議員を手本にしよう。そう考えて実践してきたことは、間違っていたのか。

ふいに薄い吐き気を感じ、知子は短く目をつむった。選挙戦での疲れもとれないうちに予想外の悩みを抱え、思ったより消耗しているのかもしれない。なにより、辛い。がんばったのに、勝ったのに、誰よりも認めてもらいたい家族に否定されて辛い。

とりあえず、信治に返信しよう。こんな悩みを抱えたまま、他の作業を進めるのは無理だ。幸い、東京まであと一時間近くある。

知子はスマホをつかんで立ち上がった。

「ごめん、ちょっと休憩。ストレッチしてきます」

「はーい、いってらっしゃい」

作業していたノートパソコンを膝に移動させ、筒井は背面テーブルを片づけた。彼の前を通って席を抜け、知子はシートとシートに挟まれた細長い通路を歩き出す。グランクラスやグリーン車には仕事の関係者や面識のある経営者が乗車している可能性が高く、遭遇したら応対せざるを得ない。知り合いの目を避けるため、知子は普通車のデッキを目指した。

ほとんど乗客がいなかったグリーン車に比べ、普通車は半分近く席が埋まっていた。勤め人らしいスーツ姿の乗客が多いが、なかには旅行者らしいデイパックを隣の空席に置いた人もいる。楽しげに談笑しながら駅弁を食べている二人連れ。腕組みをしてうたたねしている若者。キャラクターグッズのカチューシャをつけて、楽しそうにこれから向かうテーマパークのガイドブックを回し読みしている家族連れ。様々な人々が様々な理由で、平日の新幹線に乗っている。

そんな目的も属性も違う乗客の多くに、共通する特徴が一つあった。みな、顔の下半分を覆うマスクを着用している。落ち着きなく座席で膝立ちになって後ろの座席をのぞいている幼児ですら、大人よりもひとまわり小さなマスクを当然のようにつけている。多いところでは四度に及んだ緊急事態宣言はすでに解除され、生活上の制限はなにもかかっていないにもかかわらず、多くの人々が自主的にマスクをつけて外出している。日本人の真面目さと規範意識の高さが表れた景色だ、と知子は思う。

ただ、一人で公園を散歩している人や、一人で車を運転している人までマスクをしている街の景色を思い返すと、真面目さや規範意識の高さだけの話ではないのだろうとも思う。ひとまず周囲の人間と同じ行動をとっておこう、同質に見えるようにふるまおうとする「空気」が、日本社会には常にある。それは、目立ったら厄介なことが起こりそうだ、という不安の裏返しかもしれない。県外ナンバーの車への落書きやあおり運転、営業中の店に対する執拗《しつよう》な嫌がらせ、マスクをつけていない人を激しく罵倒するなど、いわゆる「自粛警察」と呼ばれる過激な言動を行う人々が増加し、社会問題となった。

知子も選挙戦の間、必ず人前に出るときはマスクを着用していた。そしてスタッフにもそうするように呼びかけてきた。「あそこの陣営は感染対策もろくに行わず、菌をまき散らしている」なんて風評が立ったら目も当てられない。そのくらい日本人は「空気」に影響される。一人一人にそれぞれの事情があり、その時々の最適な判断や行動にはばらつきがあるし、あっていいのだ、という考え方がなかなか定着しない。

それにしても、気持ちが悪い。デッキを目指して短い距離を歩いているだけなのに、車体のかすかな振動が体に響き、眩暈《めまい》にも似た浮遊感がある。妙に不安で、ざわざわと胸が苦しい。

おかしい。いくら離婚の危機だとはいえ、こんなに具合が悪くなるものだろうか。

知子は前回の生理開始日を思い浮かべた。たしか、選挙戦のさらに前……なんと、すでに三十二日は経過している。普段の周期は三十日未満なので、五日ほど遅れていることになる。この覚えのある気持ち悪さは、月経前症候群《PMS》だ。選挙期間中はプレッシャーが強かったため、生理周期がずれたのだろう。知子の月経前症候群はだいたい生理の二日前から始まり、頭痛と不安の症状が出やすい。出産前はそれほどでもなかったが、産後に急に症状が重くなった。いつもは時期が来たら症状を緩和させる薬を飲んでいるのだが、ここ二週間はあまりに忙しすぎて、生理のことなど忘れていた。

ああ、しくじった。でも早くメッセージを返さなければ。それどころか、本来はそんなプライベートなメッセージを作成している余裕などなくて、東京に着くまでに目を通さなければならない資料が山積みになっている。東京に着いたら着いたで、東京の支援者たちにもお礼を言って回らなければならない。具合が悪くなっている場合ではないのだ。

くらりと目の前の景色が回転し、知子は通路の端に思わずしゃがんだ。床を見つめて浅い呼吸を繰り返す。大丈夫、大丈夫だ、落ち着いて。次にするべきことはなんだ。

「お姉さん、具合悪いの?」

近くの乗客に呼びかけられた。

大丈夫です、と反射的に答え、すみません、と謝りながら知子は顔を上げた。二人席の窓側の席に腰かけたボブカットの女性が、心配そうにこちらを見ていた。年齢は知子よりもひとまわりほど上だろうか。行楽の帰りらしく、足元に小さなリュックを置き、白いシャツにブルーグリーンのチノパンを合わせた動きやすそうな格好をしている。

「車掌さんを呼ぼうか」

「いえ、大丈夫です。お騒がせしてすみません。ちょっと、乗り物酔いしちゃって」

月経前症候群で、とは言いにくかった。ここで自分が倒れたら、ニュースになるだろうか。「お騒がせ！　当選二回の世襲議員、月経前症候群で倒れる！」そんな週刊誌の見出しを想像し、知子は苦笑したくなる。支援者からも周りの議員からも、「みっともない」とさぞ叱責されることだろう。女性議員の妊娠出産すら「職務放棄だ」「辞職すべき」と中傷される社会だ。女性特有の症状は、批判の槍玉《やりだま》に挙げられやすい。

ただ、乗り物酔いなら、愛嬌《あいきょう》の一つとして許される気がする。なぜだろう。保身のために自分で口走っておきながら、舌が苦くなる。

「いったんここに座って休憩しなよ。誰もいないからさ。吐きたかったら、ビニール袋もあるよ」

女性はそんな知子の葛藤などつゆ知らず、通路側の空席にてのひらを弾ませた。反射的に「大丈夫です」と言いかけた口を、知子はそっと閉じた。あまりここで無理をすると、本当に車内で倒れておおごとになりかねない。厚意に甘えて五分だけ休ませてもらおう。シートの手すりをつかんで体を起こし、慎重に空席へ腰を下ろした。

「すみません。ご迷惑をおかけして」

「とんでもない。お姉さん、お水いる？　口をつけてないのがあるよ」

「あ、ありがとうございます」

恐縮しつつ、知子は女性からまだ封が切られていない水のペットボトルを受け取った。キャップを回し、水を二口ほど飲む。少し眩暈が治まった。よく見ると、女性は座席の前のドリンクホルダーにも、まだ八割ほど中身の残った麦茶のペットボトルを収納している。

「いつも多めにドリンクを持ち歩いてらっしゃるんですか？」

不思議なくらい用意がいい。疑問を口に出すと、女性は照れたように頰を掻《か》いた。

「いやね、私、十年前の震災のときは出張で福島にいたのよ。幸い津波は届かないエリアだったけど、地震のせいで建物は崩れてるし、道はあちこち陥没してるし、目につくお店の棚はどこもぐちゃぐちゃで、なんだか悪い夢の中に居るみたいだった。一帯が停電して、電車は動かない。動く見通しも立たない。余震が続く中、電柱が折れたり、電線が切れて垂れ下がったりしている道端で、たくさんの人が建物の外に出て呆然としていた。地震の直後って、そんな感じでものすごく混乱してたのね。それで、周りの人と一緒になんとか避難所の学校に移動して、真っ暗な校舎で夜明かししたんだけど、そのときたまたま、鞄の中にビスケットとお茶を入れてたんだ。同じ教室に避難した見知らぬ人たちと、それぞれ持っていた食料を机の上に出して分け合って食べたの。持っていてよかった、って思ってね。そんな記憶もあって、またいつ災害が起こるかもわからないし、遠出をするときは念のため水とちょっとしたお菓子を鞄に入れておこうって思ってるんだ。周囲からは、心配しすぎだって笑われるんだけどね」

「そうだったんですね。大切な非常用のお水だったのに、いただいてしまってすみません」

「いいの、いいの。乗り物酔いなんて充分に非常事態じゃない。役に立ってよかったよ」

女性は都内で惣菜《そうざい》や弁当を製造販売する会社に勤めているらしい。十年前の福島への出張は、契約している農家を訪ねた帰りだったそうだ。

知子は女性の話に頷きながら、自然と十年前の震災の景色を思い出していた。

入社したばかりの新人記者だった知子は、震災発生当時は会社にいた。突然、足の裏を突き上げるような立っていられないほど強い揺れに襲われ、しかもそれが一向に収まらず、急いで机の下に隠れた。天井のパネルが落ち、ぐらついた棚から書類やファイルが流れ出した。このままビルが崩れるのではないかと思う強い揺れがあまりに長く続くので、これは尋常ではないことが起こっている、と未知の恐怖に包まれた。

数分経《た》ってやっと揺れが収まり机の下から這《は》い出したときには、オフィスの景色は一変していた。ロッカーが倒れ、蛍光灯が落下し、棚から放り出された書類やファイルが床を埋めんばかりに広がっていた。

それから大津波、大規模火災、さらには原発事故と、悪夢のような出来事が続いた。取材、そしてのちにボランティア活動のために訪れた沿岸部の景色は、今も忘れることができない。へしゃげて地面に突き刺さった車。倒壊した家屋。泥にまみれた無数の物品。何万もの人々の当たり前の暮らしがそこにあった、ということが認識できなくなるくらい、恐ろしくて残酷な景色だった。

十年が経ち、被災した街は様々に変化した。人々の膨大な努力のもと、瓦礫《がれき》は片づけられ、かさ上げ工事が行われ、巨大な防潮堤が作られた。多くの復興住宅が建てられ、新しい商業施設がオープンし、文化財が修繕された。とはいえ、空き地が目立つ真新しい街は、人口の流出や地域のコミュニティの喪失など、現在も多くの課題を抱えている。

「十年経っても、非常用のお菓子とお水を持ち歩いてるんですね」

「そうねえ。だってねえ、十年経ったって言っても、その間に日本のあちこちで大変なことが起こり続けたでしょう。熊本や北海道で大きな地震があったし、最近じゃ雨がすごくて、川があふれたり、山が崩れたり」

「そうですよね」

災害に強いまちづくりといえば、知子は内閣官房の国土強靱化推進室がまず思い浮かぶ。二〇一三年に設置された行政機関で、国土強靱化担当大臣の指揮のもと、地方自治体と連携して、事前防災や減災、災害発生時の迅速な復旧復興などの取り組みを推進している。先日の会合では、大雨を中心とする気象災害への対策として、治水ダムの建設や河川工事、水害リスクの低いエリアへの住民誘導など、地域全体での治水計画について話し合われていた。

知子も事前の勉強会に出席し、全国から集められた様々な災害対策を学んだ。これらの知見を、今度は地元に持ち帰って生かしていく。現状の課題、問題点と改善策、調整するべき相手がざっと頭の中を流れ、知子は短く考え込んだ。やるべきことが、たくさんある。

「東京へはお仕事で？」

知子の沈黙をどう思ったのか、女性が軽い調子で問いかけた。知子は一瞬、返事に迷った。

体調を崩した姿を見せたばかりなので、今は国会議員だと口にしたくない。あの議員は体が弱いらしい、そんなことで公務が務まるのか、と変な噂《うわさ》になっても困る。幸いこの女性は、助けた相手が議員であることに気づいていないようだ。マスクで顔の半分が隠れていることも幸運だった。知子は浅く顎を引いて頷いた。

「はい、そうですね。仕事で」

「ああやっぱり。ぱりっとしたきれいなスーツ着てるから、そうなのかなって」

「ありがとうございます」

「営業さん？　お話も得意そう」

「いえ、でも、たくさんの方と会う仕事です」

嘘《うそ》は言わず、少しだけぼかす。女性も、そこまで厳密に職業を特定したいわけではないのだろう。ただの雑談の入り口として聞いているだけだ。知子は肩の力を抜いて話し続けた。結婚していること。子供が二人いること。単身での出張が多く、配偶者に家庭のことを任せていること。

「新幹線」

さきほど隣を歩き抜けた、テーマパークへ向かう家族連れの姿が脳裏をよぎり、思いがけない三文字が口からこぼれ出た。

「新幹線、に乗って、家族みんなで行楽地に遊びに出かけるということを、もうずっと、何年も、やっていなくて」

それどころか、近所のショッピングセンターに出かけることすら難しい。連休中は地元のお祭りやスポーツ大会、敬老会などを巡り、さらには普段は行けない遠方の施設や設備を視察して現場の意見を吸い上げることにしている。いつ解散になるか分からない衆議院議員は、有権者へのアピールと交流が欠かせない。

国会議員は、労働基準法が定める労働者には該当せず、休日の規定がない。そもそも、特権的な立場なのだから休むなんて有権者に申し訳ない、一日も休まずに働き続けるべきだ、という職業意識が知子の内部にある。それと同時に、休む姿なんて見せたら「公人としての自覚がない」と批判されそうだ、という忌避感もある。公務員に対する市民の目は厳しい。役所の窓口担当者が対応の合間に水を飲んでいた。救急隊員が休憩時間にコンビニで食事を買っていた。そんな、生きているのだから当然だろうという行動に対してすら「失礼だ」「サボっている」などとクレームが入るご時世だ。

休みをとって国会議員が家族で行楽に出かける姿なんて、有権者が見たらどう思うだろう。

知子の呟きを聞き、女性はぽかんと目を見開いた。

「そうとうな、ブラック企業にお勤めなの？」

「いえ……そうですね……仕事が忙しすぎて休めない、休んだら次の仕事があるかわからない、綱渡りの自営業みたいな……感じです」

「あらあ……それは、お姉さんも大変だし、ご家族も大変ね」

「ううん……はい」

ふと、信治から送られてきたメッセージの文面が頭をよぎった。

——有権者を軽んじる政治屋を応援するために俺は自分のキャリアを手放したわけじゃない。

知子の当選後、下の子供を上の子供と同じ近所の保育園に預けようとしたところ、「高給取りの議員が認可保育園を利用するな」と匿名の投書があった。子供たちがいやがらせを受けるのではないかと危惧した信治は時短申請をして、朝夕に車を運転し、少し離れた別の保育園に子供たちを通わせることにした。

さらに、上の子が小学校に入ってからは学童保育へのお迎えも発生し、一日のオペレーションが複雑になった。働きながらワンオペで家を切り盛りすることに限界を感じ、信治はもといた新聞社を退職した。現在は系列会社で短時間のアルバイトをしている。

地元と東京の二箇所に事務所を構え、複数の私設秘書と事務員を雇用している知子の政治活動の資金繰りは厳しく、不足分を個人の貯金で補うこともある。信治には短時間でも働き続けてもらわないと、家計が心もとない。

国民のために一日の休みもなく働く。言葉としては美しいが、家族がいる場合はその人が不在となることで為《な》されなかった家庭内のタスクが、残る大人に押し寄せる。それでも、議員になったのだから仕方がない、と知子は思ってきた。家庭運営に一切かかわらず、早朝から深夜まで活動し続ける議員は多い。そんな彼らのなかで成果を出し、一人前として認められるには、同じように働いてみせるしかない。信治だってわかってくれるはずだ、と心のどこかで甘えてきた。

――政治家あるあるですねえ。

――バツイチの先生方、山ほどいるじゃないですか。

筒井の苦笑がまぶたに浮かぶ。

結局自分は、グロテスクだと敬遠した父親・重道と同じようにグロテスクなことを配偶者に強《し》いていたのかもしれない。

最悪なことに、東京に愛人を作った父親の気持ちも、ほんの少しだけわかるのだ。政治家が周囲の目を気にせずに堂々と人前で休んだり、遊んだりできるような「空気」がない。「今はプライベートな時間なので対応できません」と言えない。集会や飲み会を断って、子供と公園で遊ぶことは難しい。子供を預け、夫婦で食事に行くことはさらに難しい。公の場でのプライベートな時間が確保されないのだから、人目を避けた不道徳な関係にのめり込む人も出てくるだろう。

――政治家なんて割に合わない仕事を継ぐ気はない。

生まれたときから父の跡継ぎ候補とされてきた兄が、逃げるように家を出た理由も、今はわかる。

「転職とかは考えてないの？」

隣の席の女性は、鞄から取り出した柿の種を食べながら明るい調子で言った。

「合わない仕事は早めに変えた方がダメージが少ないよ。私も過去に二回ぐらい転職したけど、今が一番いいもの」

「転職……」

知子は言葉に詰まった。

元議員は、民間企業への再就職が難しい。議員という肩書きが悪目立ちし、我が強い人間だと思われるのか、求職活動をしてもなかなか採用されないと聞く。もしも自分が落選し、政治の道を諦めたら、支援者に頭を下げてどこかツテのある企業に入れてもらうしかないだろう。求職の自由度はすでに狭まっている。

やっぱり、あのとき磯崎の申し出を受けるべきではなかったのだろうか。

新聞社勤めのままだったら――きっと連休中に、家族みんなで新幹線に乗ってテーマパークに行くこともできた。離婚だって切り出されずに済んだかもしれない。

「転職を、過去に一度したんです。前の仕事はマスコミだったんですけど、困っている人を取材しても、その問題をなるべく多くの人に伝えることで解決を期待する、というアプローチしかできなくて」

入社してすぐに社会部に配属された知子は、労働問題や福祉関連の取材をすることが多かった。性別や年齢、障害や持病、生い立ちや人種など、仕事の能力とは関係ないことで軽んじられ、アンフェアな扱いを受けた人の話を聞くたびに無力感に苛《さいな》まれた。収入が不安定で結婚できない。将来が不安で子供が産めない。介護離職をしたあとで困窮し、行き詰まりを感じている。辛い職場を離れたいが、転職活動をする時間も気力も確保できない。彼らを苦しめる「空気」は知子にも覚えがある、慣れ親しんだ日本の「空気」だった。

そして、地域で名の知られた政治家の子供で、なに不自由のない教育を受け、健康に恵まれて大きくなった知子は、その「空気」に人生を阻まれた、と感じたことがなかった。

「そんなとき、あるきっかけがあって、より具体的に社会のいろんな困りごとを解決しようとする仕事に挑戦できることになったんです」

——お父さんの地盤を継いで、地域を守ってくれないか。

まるで握手を求めるように差し出された、磯崎の手。

この手を握ったら、自分の人生は一変してしまう。そんな予感が確実にあった。

ただ、握らずに引き返したら、きっと自分はこれから取材対象者の目をまともに見ることができない。あらゆる人にとって、生きにくさがなくなる社会を作りたい。日本をもっと住みやすい国にしたい。芽吹いたばかりの願いとともに、知子は磯崎の手を握った。

「だから……ああ、やっぱり、私は政治家になるしかなかったんだ」

たとえその先で夫に幻滅されても、子供たちに不自由な思いをさせても、政治家にならないという道はなかった。ならば、この道を悔いずに、なんとかダメージを軽減して歩き抜くしかない。

隣の席の女性は、知子の呟きに目を見張った。

「政治家？　え、もしかしてどこかの議員さんなの？」

「はい」

相庭知子は、国会議員になるしかなかった。ただの事実だが、握りしめたら開き直りに近い勇気が湧き、失態を隠そうと思う気持ちが失《う》せた。

「議員さんが、家事育児でつまずいて、離婚話なんて出てるの？」

「お恥ずかしいことに、はい」

「どうして？　たくさんお給料をもらってるんだから、ベビーシッターでも雇えばいいのに」

「それが、なかなか難しくて……」

笑いながら、資金繰りの厳しさを語る。女性は信じられないと言った様子で、ずっと目を丸くしていた。

もしかしたら、と知子は思う。こうして議員が仕事上の悩みを語り、困りながら生きていること、隙のない完璧な職業人にはなれないけれど、仕事をがんばりたいと思っていることを表に出すことが、生きにくさがなくなる社会へ向かう第一歩なのかもしれない。年中無休で働ける環境にいる人、潤沢な資金を有している人だけでなく、持病がある、誰かをケアする必要がある、夜はどうしても六時に帰らなければならない、そんな人たちが当たり前に議員という職業を選べる環境を作っていくことが、「空気」に後押しされて議員になった自分の務めなのではないか。

「空気」を変えたくて議員になったのに、そこにある「空気」に素直に従い、染まっていた。

信治は、それが一番イヤだったのではないか。

助けてくれた女性に水と気づかいのお礼を言い、知子は席を立った。休憩を取ったおかげで、だいぶ眩暈は軽減した。しかしもう無理はしない。東京駅に下りたら、まずは薬局へ向かう。必要であれば、スケジュールの調整も行う。月経前症候群の説明もためらわない。

二十四時間、三百六十五日、一切の支障なく働き続けられる人は運がいいのだ。そうではない多くの人をかき消さないためにも、不調を口に出す。不自由と付き合いながら生きていることに、引け目や後ろめたさを持ちたくない。有権者の代表である議員が滅私奉公を美徳としている限り、そうなれない人を軽んじる社会の「空気」は変わらない。

デッキに辿り着き、壁に背を預けた知子はスマホの画面を点《とも》した。長い長い、怒りがこもった信治のメッセージを見つめる。

なんと返すべきだろう。

離れていてもいつでも家族のことを思っている？　そんなそら寒いことを返したら、メッセージの受信まで拒否されそうだ。

新幹線。先ほどと同じ三文字が頭に浮かび、知子は慎重にメッセージを入力した。

『議員が休みを取って、友人や家族と新幹線に乗って出かける光景が、珍しくもなんともない国を目指します』

『大変な場所で一人にして、ごめんなさい』

これでいいのかはわからない。許してもらえるかもわからない。しかし、議員としての自分が差し出せる最善の答えがこれだ。実行するのはすごく難しい。奥歯を噛《か》み、知子は送信ボタンをタップした。

再びシートの間を通り、グリーン車へ戻る。筒井は連日の疲れがたたってか、膝の上のタブレット端末を抱えたまま居眠りをしていた。起こさないよう慎重に、彼の前を通って席に着く。

まもなく東京駅に到着する、と慣れ親しんだ車内アナウンスが告げる。途端にどくりと心臓が弾み、知子は深く息を吸った。

また、戦いが始まる。

一陣の風のように、知子を乗せた新幹線は、人で混み合うホームにすべり込んだ。

参考文献

『トップの決断　北の経営者たち』北海道新聞社編／北海道新聞社／二〇一二年
『ウミネコ観察記　八戸市蕪島』成田喜一・成田章著／木村書店／二〇〇四年
『炉辺夜話　東北の昔ばなし』河北新報社編／河北新報社／一九四三年
『岩手謎学漂流記　読んで旅するイワテ50の奇譚』高橋政彦著／エンジェルパサー／二〇二一年
『あの日の決断　岩手の経営者たち①』四戸聡著／岩手日報社／二〇二〇年
『河北新報のいちばん長い日　震災下の地元紙』河北新報社著／文春文庫／二〇一四年

本作品の上梓にあたり、左記のみなさまのご協力をたまわりました。

「遠まわり」の執筆にあたり、成田本店みなと高台店の櫻井美怜さんに方言監修をお願いいたしました。

「凧になる」の執筆にあたり、弁護士の三葛敦志さんに多くのご助言を頂きました。

心より御礼を申し上げます。

著者

《初出》
Ｗｅｂジェイ・ノベル（連載タイトル「紅葉の頃に会いに行く」）
ひとひらの羽（「鳥影」改題）　二〇二三年五月三十日配信
遠まわり（「弧を描く」改題）　二〇二三年十一月二十一日配信
あたたかな地層（「鬼のゆくさき」改題）　二〇二四年三月十九日配信
花をつらねて　二〇二四年七月二十三日配信
風になる　二〇二四年十一月二十六日配信

単行本化にあたり、加筆修正を行いました。

本作品はフィクションです。実在の団体、個人とは一切関係ありません。
（編集部）

［著者略歴］
彩瀬まる（あやせ・まる）
1986年千葉県生まれ。上智大学文学部卒。2010年「花に眩む」で第9回「女による女のためのR-18文学賞」読者賞を受賞。2013年に小説としての初の単行本『あのひとは蜘蛛を潰せない』を上梓。2017年『くちなし』で直木賞候補、2018年同作で第5回高校生直木賞受賞。2021年『新しい星』で直木賞候補。その他の著書に『骨を彩る』『桜の下で待っている』『やがて海へと届く』『かんむり』『花に埋もれる』『なんどでも生まれる』など。また小説以外の著書に東日本大震災の被災記『暗い夜、星を数えて——3・11被災鉄道からの脱出——』がある。

嵐《あらし》をこえて会《あ》いに行《い》く

2025年2月10日　初版第1刷発行

著　者／彩瀬まる
発行者／岩野裕一
発行所／株式会社実業之日本社
〒107-0062
東京都港区南青山6-6-22 emergence 2
電話（編集）03-6809-0473　（販売）03-6809-0495
https://www.j-n.co.jp/
小社のプライバシー・ポリシー（個人情報の取り扱い）は
上記ホームページをご覧ください。

ＤＴＰ／ラッシュ
印刷所／大日本印刷株式会社
製本所／大日本印刷株式会社

ISBN978-4-408-53872-3（第二文芸）